黎明前说我爱你

FEVER at DAWN

〔匈牙利〕彼得·加尔多什 著
李晨 译

人民文学出版社
PEOPLE'S LITERATURE PUBLISHING HOUSE

著作权合同登记:图字 01-2018-6382 号

图书在版编目(CIP)数据

黎明前说我爱你 / (匈)彼得·加尔多什著;李晨译. —北京:人民文学出版社,2019
ISBN 978-7-02-014856-1

Ⅰ.①黎… Ⅱ.①彼… ②李… Ⅲ.①长篇小说-匈牙利-现代 Ⅳ.①I515.45

中国版本图书馆 CIP 数据核字(2019)第 014720 号

责任编辑 **卜艳冰 王雪纯**
装帧设计 **钱 珺**

出版发行 **人民文学出版社**
社　　址 **北京市朝内大街 166 号**
邮政编码 **100705**
网　　址 **http://www.rw-cn.com**

印　　制 **上海盛通时代印刷有限公司**
经　　销 **全国新华书店等**

字　　数 **143 千字**
开　　本 **890 毫米×1240 毫米 1/32**
印　　张 **7.5**
版　　次 **2019 年 7 月北京第 1 版**
印　　次 **2019 年 7 月第 1 次印刷**

书　　号 **978-7-02-014856-1**
定　　价 **45.00 元**

如有印装质量问题,请与本社图书销售中心调换。电话:010-65233595

第一章

“二战”于三个星期前刚刚结束，我的父亲米克洛斯在一个夏日的阴雨天登上了驶向瑞典的船。那年他二十五岁。疯狂的北风在波罗的海的海面掀起三米高巨浪，他躺在下层甲板上，船被巨浪摇晃得剧烈颠簸。在他周围，乘客们都在拼命将身体稳在草垫上。

开船不到一个小时，米克洛斯就生病了。他先是咳血沫，再是大声呼哧喘气，喘息声之大几乎盖过了海浪拍打船身的声音。和其他病人相比，他的症状更为严重，所以被安置在第一排紧邻推拉门的位置。两名船员将骨瘦如柴的米克洛斯抬到附近一间船舱内等待救治。

医生未犹豫片刻。没有让病人吃止痛药的时间了。他凭借运气在两根肋骨间找到正确位置，将一根巨型针头插入米克洛斯的胸腔，然后从肺里抽出半升液体。待呼吸机送来后，医生将针头换成塑料管，又吸出一升半黏液。

米克洛斯感觉好多了。

船长后来得知医生救了一位乘客的性命，随即给这位病人一份特殊的待遇：让他裹上厚毛毯坐到舱外的甲板上休息。厚厚的乌云笼罩在海面上空。船长站在米克洛斯的躺椅旁，制服看起来挺拔完美。

“你会说德语吗？”他问。

“嗯。”

“恭喜你活下来了。”

要是在其他情况下，他们的对话可能会继续进行。可是此刻，米克洛斯的状态实在不适合聊天。他能做的也只是简短回应。

“我还活着。”

船长上下打量起他来。米克洛斯面色灰白，瘦得只剩皮包骨头，脸上还有一颗难看的疣。他的瞳孔被眼镜放大，嘴巴总是合不上，难看得像个黑洞。他几乎连颗牙都没有了。我不确定这是为什么。或许是被三个五大三粗的壮汉在防空洞里打碎的，当时吊在天花板上的灯泡来回摇晃，发出微弱的光；又或许是被暴徒中的某一位用烙铁打碎的，那人举起烙铁，朝他脸上一遍又一遍地猛砸。而他自己的说法并没有太多细节：大多数牙齿其实是在一九四四年被打掉的，那时他被关押在布达佩斯玛吉特大街的监狱里，他被逮捕的罪名是从犹太人强制劳动营里逃跑。

但是现在他还活着。尽管深吸气时会发出轻微的口哨声，他的肺仍在为他尽职过滤着每一寸咸冷的空气。

船长从望远镜中观察。“我们将在五分钟后抵达马尔摩。”

这对米克洛斯来说没有任何意义。他不过是从德国吕贝克运往斯德哥尔摩的二百二十四个集中营幸存者中的一个。他们当中有些人的状况十分糟糕，这些人别无他求，唯一的愿望就是在这趟旅程中活下来。在马尔摩停上个把分钟，对他们来说无关紧要。

然而船长继续向他解释这个决定，仿佛向上级汇报一样。“这个命令通过无线电下达，这站原先也不在我的行程内。”

随着马尔摩海港的码头在雾气中慢慢进入视线，船鸣起汽笛。一群海鸥在空中盘旋。

船长将船停靠在码头末端。两个船员走上岸，顺着码头方向前进。他们合力扛着一个大空篮子——是那种洗衣妇人将湿衣服搬到顶楼晾干时用的洗衣篮。

一群女人正推着自行车等在码头入口处。站在那儿的女人少说也有五十个，她们一动不动安静地等待，双手紧握自行车把手。许多女人戴着黑色头巾，看起来像是一群栖息在树枝上的乌鸦。待船员走到栅栏边，米克洛斯才注意到挂在自行车把手上的包裹和篮子。

船长将手搭在他肩上。“这想法是一个叫什么科隆海姆的疯狂犹太拉比[①]提出来的，”船长解释，“他在报纸上登了一则广告，说你们的船会经过这里，他甚至帮我们安排了这个码头。”

女人们将包裹一一放入篮中。其中有一个女人站得稍稍靠后，她焦急地撇开自行车把手，任其摔倒在地。自行车咣当一声撞到鹅卵石地上。坐在码头另一端的米克洛斯也听到了响声。可是想到他们之间的距离，这简直不可思议。然而无论何时，每当米克洛斯讲起这个故事时，他总会提到这一声巨响。

取完所有包裹后，船员一路小跑返回到船上。这个情景一直在米克洛斯的脑海中挥之不去：像梦境一般突然变空的码头，船员拿着篮子往前跑，背景是一群陌生的女人，一动不动地站在那里，还有她们的自行车。

包裹里有许多饼干，是这些素昧平生的无名女人为了庆祝幸存者顺利抵达瑞典亲手烘焙的。米克洛斯用没有牙的嘴咬了块黄油软酥饼，他尝出了香草和覆盆子的味道。在吃了数年营地食物后，这些味道变得如此陌生，他几乎需要重新认识它们。

“瑞典欢迎你。”船长喃喃说，随后便转身施令去了。此刻，船已经驶向大海。

米洛克斯坐下品味饼干。远方高耸云端处，一架双翼机从空中飞过，飞机将一侧机翼下倾，向他们表示敬意。看到此番

---

① 原指犹太人对师长的尊称。后指犹太教中学过《圣经》和《塔木德》，负责执行教规、律法并主持宗教仪式的人。

景象，他才感觉到自己是真的活着。

～

一九四五年七月的第一个星期结束时，米克洛斯正住在一间挤满十六张病床的医院里。医院是兵营式小木屋，位于哥特兰岛上一个叫拉伯罗的偏僻村庄。米克洛斯背靠枕头，正在写信。阳光从窗外照射进来，护士在病床间繁忙穿梭，她们上身穿着浆洗过的笔挺衬衫，下身套着亚麻长裙，头戴白色无边护士帽。

米克洛斯写得一手漂亮的好字：字迹铿锵有力，笔触优雅自如，字距细如发丝。他将写好的信装入信封封好，靠在床头柜上的水壶边。两个小时后，一个叫凯特琳的护士将信取走，把他和其他病人的信一并放入了信箱。

米克洛斯甚少离开病床，他写完信后又过了两个星期，医生允许他下床走动了，起码现在能到走廊里坐着了。医院会在每日清晨给病人发信。这天，医护人员将一封信放到他面前——一封直接从瑞典难民办公室里寄出的信。信里附有一百一十七个女人的姓名和地址，全部是年轻的匈牙利女孩，她们住在瑞典各个临时医院里，医生和护士正在竭力挽救她们的生命。米克洛斯不知道从哪儿搞来了一本方格练习簿，将这些信息工整地抄在了上面。

就在几日前，他收到一份突如其来的噩耗，不过此刻，他早已将那件事情抛到了九霄云外。

～

米克洛斯贴紧 X 光机，尽量让身体保持不动。林霍尔姆医生从另外一间屋子里对着他大喊。这位医生至少有两米高，细高枯瘦型的身材，说起匈牙利语口音有些好笑。他发出的所有长元音听起来都一个样，感觉像是在吹气球。他经营拉伯罗医院已经有十二个年头了——如今为了接纳粹集中营幸存者，临时扩大了规模。他的妻子玛尔塔是个身材娇小的女人，米克洛斯目测她的身高不超过一米四。玛尔塔是个护士，也在这家医院工作。她是匈牙利人，这也间接说明了为什么林霍尔姆医生敢用如此自信夸张的方式炫耀自己的匈牙利语。

“憋着气！别乱动！”他大喊。

“咔哒”“嗡”——X 光片照好了。米克洛斯将肩膀放松下来。

林霍尔姆医生走到他身旁，目光掠过他的头顶，直勾勾地盯着前方，眼神里充满了同情。米克洛斯猛地一倒，凹陷赤裸的胸靠在了 X 光机上，看上去像是再也不打算把衣服穿上似的。眼镜也蒙上了一层雾气。

“你之前说你是做什么的，米克洛斯？”医生问。

“我是一名记者，也是诗人。”

“噢！人类灵魂的工程师。不错。”

米克洛斯将身体重心换到另一只脚上。他很冷。

“去把衣服穿上吧。怎么还杵在这儿？”

米克洛斯拖着步子走到房间角落，穿上睡衣。“有什么问题吗？”他问医生。

林霍尔姆仍不看他。他朝办公室走去，向米克洛斯招手，示意他跟过来。他嘀咕了一句，声音小到几乎只有自己能听见：“是有问题。”

艾瑞克·林霍尔姆医生的办公室面向花园。在这些温暖的仲夏之夜，岛上闪烁着点点铜光，乡间的每一个角落都沐浴其中。深色家具散发出舒适与安逸的气息。

米克洛斯坐在皮椅上。在他对面，桌子的另一侧坐着林霍尔姆医生。医生换上了一件帅气得体的西装背心。他快速翻阅着米克洛斯的检查报告，显得忧心忡忡。虽然没有必要，他还是把浅绿色玻璃台灯打开了。

“米克洛斯，你现在有多重？”

“四十七公斤。”

“你看。身体的运转和时钟一样。”

在林霍尔姆医生的严格饮食规定下，米克洛斯短短几周就增重了十八公斤。他不停地将睡衣纽扣扣上，再解开，这件睡衣对他来说太大了。

“你今天早晨的体温是多少？”

“三十八度二。”

林霍尔姆医生将检查报告放在书桌上。“我也不拐弯抹角了。匈牙利人是这么说的吧？你现在已经足够坚强，应该可以面对现实。”

米克洛斯笑笑。他嘴里几乎所有的牙齿都是钯基合金材质的假牙，这种材质防酸、价廉，却十分难看。他刚抵达拉伯罗的第二天，就来了一位牙医为他看病。牙医为他做了牙模，也事先提醒他这个临时装上的假牙托不会有什么美感，但更注重实用性。才一会儿的工夫，牙医就将这些金属假牙装好了。

米克洛斯的笑容真诚，但缺少些许温暖，林霍尔姆医生强迫自己直视他。

“我还是开门见山吧，”他说，“这样容易些。六个月。你只能活六个月了，米克洛斯。”他将X光片举起放到灯下。“你看，来，过来。”

米克洛斯乖乖站起来，俯身凑上前。林霍尔姆医生用纤细的手指在X光片上比画。

“这儿，这儿，这儿，还有这儿。看到了吗？米克洛斯，看到这些斑点了吗？这是肺结核。永久性的损坏。恐怕我们也无能为力。不得不说，这病很可怕。简单来说，这个病……会迅速吞噬掉你的肺。匈牙利语里有‘吞噬’这个词吗？”

他们盯着X光片。米克洛斯倚撑在书桌上。他有点承受不住这个打击，但还是强忍着点了下头以示听懂了，尽管医生的匈牙利语说得有些混乱。其实他不需要听任何医学术语，“吞噬”这个字眼已经足以精准地告诉他，等待他的将是何种命运。毕竟在战争打响以前，他父亲曾在德布勒森经营过一家书店。那家书店建在主教宫甘布赖纳斯庭院，位于拱廊下面，从中央广场走过去只要几分钟。书店被命名为“甘布赖纳斯书店”，里面有三间屋子，屋内空间狭窄，天花板却很高。其中一间屋子里贩卖文具，而另外一间屋子是借阅室。那时的米克洛斯还是十几岁的少年，他总会爬到木梯最顶端，坐在那里阅读来自世界各地的书籍——所以他当然能够领会林霍尔姆医生那富有诗意的措辞。

林霍尔姆医生继续凝视米克洛斯。“照目前情况看，”他解释，“从医学角度来说，你的病情已经恶化到了无法挽救的地步。未来可能会时好时坏。不过我会一直陪着你。但我不想误导你。你只有六个月的生命了，最多七个月。我也很难过，但真实情况就是这样。”

米克洛斯突然挺直身体，笑了一下，回到那张宽敞的椅子上坐了下来。他看起来很愉悦。医生不确定他是否明白了，还是他根本没有听见医生的诊断。然而此时米克洛斯心里惦记的事情，对他来说远比自己的健康来得重要。

第二章

谈话过去两天后，医生准许米克洛斯到花园里散步，医院的花园修剪得十分好看。他找到一棵枝叶繁茂的大树，在树荫下的长椅上坐下。他几乎没有抬头。米克洛斯用铅笔一封接一封地写信，笔触流畅自如，字里行间散发出独特的魅力。信下面垫着的是马丁·安德森·尼克索的小说，瑞典语精装本。米克洛斯十分欣赏尼克索的政治观点以及书中描写的工人们沉默的勇气。事实上，他记得这位著名的丹麦作家也曾患有肺结核。米克洛斯奋笔疾书，他将写完的信放到一旁压上石头，以防被风吹走。

次日，他敲响林霍尔姆医生办公室的门。他打算用自己的坦率打动这位善良的医生。米克洛斯需要他的帮助。

每天这个时候，林霍尔姆医生都会坐在办公室的沙发上和病人谈心。医生穿着白大褂坐在沙发一端，米克洛斯穿着睡衣坐在另一端。

医生吃惊地拨弄信封。“通常病人给谁写信，为什么写信，这些事我都不会过问。我也并不好奇……”他嘟囔。

“我明白，”米克洛斯说，“不过，我真的很想让你知道。”

“一共一百一十七封信？向你的勤奋致敬。”林霍尔姆医生抬起手臂，像是在掂量信封的重量。“我让护士帮你买邮票，”他和蔼地说，“如果经济上遇到任何困难，随时过来找我。”

米克洛斯漫不经心地盘起腿，咧嘴一笑。“全是写给女人的。”

林霍尔姆医生扬起眉毛。“哦？是吗？”

“其实应该说是年轻女孩，”米克洛斯纠正，“都是匈牙利女孩。来自德布勒森大区。我出生的地方。”

“我明白了。”医生说。

其实他并不明白。他完全搞不懂米克洛斯寄这堆信做什么。他不由得向米克洛斯投去同情的目光——毕竟，这是一个已经被宣判死刑的人。

“几个星期前，”米克洛斯迫切地说，“我要来了在瑞典养病的女幸存者的名单，筛选条件是她们必须都出生在德布勒森大区或附近。结果三十岁以下的只有这么多！”

“都在医院里？我的天哪！”

他们都知道除了拉伯罗以外，瑞典还有几家康复中心。米克洛斯挺直身体。他为自己的策略感到骄傲。“有一堆女孩在医院里住着呢，”他继续兴奋地说，“这是名单。”

他从口袋里拿出一张纸，红着脸递给林霍尔姆医生。上面每个名字都被做上了记号。有的打上叉，有的是对勾，有的则在旁边划上小三角。

“啊哈！原来你在找熟人，”林霍尔姆医生兴奋地叫起来，“这个我可非常支持。”

“你误会了，”米克洛斯眨眨眼睛，露出微笑，“我在找妻子。我想找个女人结婚！”

他总算说出来了。

林霍尔姆医生皱起眉头。“我亲爱的米克洛斯，看来那天我还是没说清楚。”

“说清楚了，说清楚了。”米克洛斯十分确定。

“我的匈牙利语有时候也真是词不达意！六个月。你只有六个月了。你要知道，没有一个医生愿意说出这种话，这感觉糟透了。”

“林霍尔姆医生，我完全明白你的意思。”米克洛斯说。

两人顿时陷入尴尬的沉默，分别坐在沙发两端。林霍尔姆医生有些纠结，他不知道该不该对一个已经被宣判死刑的病人说教。他究竟有没有责任劝说自己的病人理智一些呢？米克洛斯则开始怀疑到底值不值得去说服林霍尔姆医生，让他结合从医经验，把事情往好的一面想。最后他们谁也没有试图说服对方。

那日午后，米克洛斯按照医生的指示回到床上休息。四点到了——午睡时间。和他同病房的病人有些已经睡着，有些则在玩牌。他的朋友哈里正在拉小提琴，一首浪漫奏鸣曲，他正练到最难的乐章，一遍又一遍，满腔恼人的热忱。

米克洛斯正在给一百一十七封信贴邮票。他将邮票背面舔湿贴在信封上。感到口干时，他就拿起床头柜上的水抿上一小口。他觉得哈里的小提琴十分应景。米克洛斯本可以用复写纸来写这一百一十七封信，毕竟除了收件人不同以外，信的内容全都一模一样。

～

不知道米克洛斯有没有好奇过，这些女孩收到信后会是什么心情呢？她们打开信封看到米克洛斯干净整洁的字体时，又会想些什么呢？

哦，那些女孩啊！坐在床边，坐在花园长椅上，坐在消过毒的走廊角落里，坐在厚玻璃窗前，驻足于泛旧的台阶上，站在结满繁茂果实的酸橙树下，站在小湖岸边，倚靠在冰冷的黄色瓷砖上。在父亲遐想的各种情景里，不知道这些女孩在拆开信封的一瞬间，身上穿的是睡裙还是那种在康复中心里常见的灰色病服呢？一开始父亲的心绪有些混乱，不过这种情绪没有持续很久，不一会儿，父亲的嘴角就露出一丝笑意，他心跳加速，面露惊色，他一遍又一遍，一行又一行，仔细阅读着信上的每一个字。

亲爱的诺拉，亲爱的伊尔塞贝特，亲爱的莉莉，亲爱的苏莎，亲爱的莎拉，亲爱的赛琳娜，亲爱的艾格妮丝，亲爱的吉萨，亲爱的芭芭，亲爱的卡特琳，亲爱的朱迪，亲爱的加布里艾拉……

也许你早已习惯每次讲匈牙利语时都会有陌生人过来和你搭讪，搭讪理由不外乎是称他们也是匈牙利人。有些时候我们这些男士的表现可以说相当失礼。好比现在，我就打着和你是同乡的幌子，对你直呼其名。我不知道你在德布勒森是否认识我。在祖国下令让我“自愿”成为强制劳工以前，我曾为《独立报》工作，我父亲曾在甘布赖纳斯庭院经营一家书店。

根据你的名字及年龄来判断，我觉得我可能认识你。你是不是也在甘布赖纳斯庭院居住过？

请原谅我只能用铅笔写这封信，因为医生让我这几日卧床休息，院方又不允许我们在病床上使用墨水写字，失礼之处请多多包涵。

~

十八岁的莉莉·芮奇也在这一百一十七位收信人中。她住在斯莫兰斯泰纳康复医院。正值九月伊始。莉莉打开信封，扫了一眼内容，她发现这个远在拉伯罗的男青年写得一手漂亮的好字。不过他肯定是把她和别人弄混了。于是莉莉很快就将整件事抛到了脑后。

另一个原因是她当时正在为自己的计划做准备，那段时间她既兴奋又紧张。缓慢康复的日子总会让人感到乏味无趣。莎拉·斯坦和朱迪·歌德是莉莉结识的两位新朋友，就在几天前，几个姑娘下决心将这种单调阴郁的日子画上句号，她们决定在医院大厅举办一场以匈牙利音乐之夜为名的音乐会。

莉莉学过八年钢琴，莎拉参加过唱诗班，朱迪上过舞蹈课。朱迪有一头乌黑柔顺的细发，脸型偏大，脸色苍白，细薄的嘴唇时常露出严肃的表情。莎拉则截然相反，她有一头金色秀发，骨架很小，肩膀偏窄，腿部线条优美修长。除了她们三个，还有另外两个女孩觉得这件事很有意思，便也参与了进来，她们叫艾丽卡·弗里德曼和吉塔·普拉娜。几个姑娘匆忙拟定了一份三十分钟的节目单，并借用医生办公室的打字机打印出三份，贴在医院各处进行宣传。演出当晚，前来观看表演的人络绎不绝，摆放在医院大厅的木椅很快便坐满了人，发出吱吱嘎嘎的声音。有些观众是住在本院的病人，有些观众则是从斯莫兰斯泰纳村附近慕名而来的好奇者。

音乐会取得了巨大成功。最后一个节目是明朗欢快的匈牙利舞蹈——《查尔达什》。当最后一个音符落下时，全场观众起立对五个满脸通红的女孩报以热烈掌声。

莉莉跑回后台，胃部突然感到一阵剧烈疼痛。她弓起身用手捂住肚子，大声呻吟起来。她疼得满头大汗，突然倒在地上。

“你怎么了，莉莉?”莎拉蹲在她身旁关切地问。经过这次演出，莎拉和莉莉成为了好朋友。

“我疼得不行了。”她说，接着就晕了过去。

莉莉记不清自己是怎么上的救护车。她只记得莎拉模糊的脸庞，可是莎拉说了些什么，她完全听不见。

后来她总是回想，如果没有这次疼痛，她可能一辈子也不会认识米克洛斯。这次犯病是因为肾脏出了问题。如果那辆白色重型救护车没有把她送到一百多公里以外的埃克舍军队医院；如果朱迪探望莉莉时，除了她的牙刷和日记本外，没有带上米克洛斯的信；如果那次见面，朱迪没有说服她，让她给这个友善的年轻人回信，即使这举动完全不合乎常理（不为别的，哪怕只是出于人道情怀）；倘若没有这些“如果”，故事也许到这里就结束了。

正如现在，这些“如果”已经发生。莉莉在医院度过了无数个漫漫长夜。这天，又是一个静谧的夜晚，入夜后，走廊里的喧嚣渐渐沉寂下来，老式电梯的栅栏门在关合时发出的咣当声响也随着夜幕的降临慢慢消失，莉莉病床上方的灯泡投射出昏暗的光，照亮她的毯子，莉莉找来纸，思考片刻，开始写信。

亲爱的米克洛斯：

我可能不是你要找的那个人。我虽然出生在德布勒森，但我从一岁起就一直住在布达佩斯。尽管如此，我还是想了很多关于你的事情。你的信让我备感亲切，也带给我很多慰藉，如果你能继续回信，我会非常开心。

当然，至少有一半是真的。因为患上某种未知疾病而被迫躺在医院里，不管是出于恐惧，还是一种逃避方式，又或许仅仅为了打发无聊时光，莉莉暂且纵容自己沉浸在这不切实际的幻想中。

就我个人而言，无论是平整干净的长裤，还是精神帅气的发型，这些都没有什么意义。真正能打动我的还是一个人的内在价值观。

～

米克洛斯比之前强壮了一些。他现在可以和哈里一起步行走到小镇。医院每个星期都会给病人发放五克朗[1]的零花钱。拉伯罗小镇有两家蛋糕店。其中一家店的餐桌摆设和匈牙利的咖啡店一模一样，用的都是大理石小圆桌。在前往蛋糕店的途中，米克洛斯和哈里结识了克里斯汀——一个体态丰腴的瑞典女理发师。哈里殷切地邀请克里斯汀加入他们。此刻在蛋糕店一角，他们三人正坐在大理石桌旁聊天。克里斯汀拿起叉子优雅地吃苹果派。两位男士各自要了一杯汽水。虽然瑞典语有着优美的音韵，但这两个匈牙利人才刚适应不久，所以还是决定用德语交谈。

“你们两个都是好男人，”克里斯汀说，糖霜在她淡淡的唇毛上颤动，“你们都是在哪儿出生的？”

米克洛斯从椅子上站起来。“豪伊杜纳纳什。”他自豪地说，好像在念一个无比神奇的字眼。

“我出生在绍尤圣彼得。”哈里说。

克里斯汀本能地跟着念——这对她来说可不是那么容易。她的发音听起来像是在漱口。“海杜……纳纳……绍约……圣特……彼得……”

他们哈哈大笑。克里斯汀咬了一口苹果派。哈里趁机迅速想了一个笑话。他很擅长讲笑话。

“亚当初次见到夏娃时对她说了什么？”他问。

---

① 克朗，瑞典货币单位。

克里斯汀表现出极大兴致，她努力思索答案，专注到几乎忘记咀嚼。哈里等了一小会儿，然后站起身，比画着，假装自己也赤裸着身体。

“我的女神，请往边上站一站，我不确定这东西会变多长！”边说边指向裤子拉链。

克里斯汀一开始没明白，随后恍然大悟，害羞得涨红了脸。

米克洛斯觉得有些丢人，拿起杯子喝了一口汽水。不过哈里这才刚刚开始。

“我还有一个笑话，”他不假思索地说，“女主人问新来的侍女之前的雇主对她是否满意。侍女点头。‘是的，女士，他们对我各方面都很满意。’‘你会做饭吗？’侍女点头。‘你喜欢小孩吗？’侍女点头。‘是的，我喜欢小孩，不过如果男主人能小心一点就更好了。’”

克里斯汀被逗得咯咯直笑。哈里突然抓住她的手猛亲了几下。克里斯汀本想把手缩回来，无奈哈里抓得实在太紧，她决定暂时放弃抵抗。

米克洛斯又喝了一口汽水，将目光转向别处。

克里斯汀抽回手，站起身，掸掸裙子。“我去趟洗手间。”她说，然后一本正经地走向蛋糕店另一边。

哈里立即改说匈牙利语：“她住的地方离这儿只有两个街区。”

“你怎么知道？”

“她说的啊。难道你没听见？”

“她挺喜欢你的。”

“她也喜欢你。”

“关我什么事。”米克洛斯回答，瞪了他一眼。

“你有多少年没来过咖啡店了？你又有多少年没见过女人裸体了？”

“这跟那有什么关系？”米克洛斯问。

“我们好不容易才离开医院。我们应该开始生活了！”

克里斯汀迈着妖娆的步子回到桌前。

“咱们来个三明治怎么样？”哈里轻声说，仍然是匈牙利语。

“什么三明治？”

“咱们俩，还有她。克里斯汀在中间。”

“别把我扯进来。”

哈里立即说回德语，与此同时，在桌下蹭起克里斯汀的脚踝。“我刚才一直在和米克洛斯说，我被你迷得神魂颠倒，亲爱的克里斯汀。我有机会吗？”

克里斯汀挑逗似的用食指捂住哈里的嘴。

～

克里斯汀租住的小公寓在尼斯维根大街上，房间在三楼。

楼下车来车往，隆隆的嘈杂声透过敞开的窗户传进屋内。她坐在床上，好让哈里更容易接近她。她给哈里的第一个考验是让他修内衣带。“修好没有？”她问，透过镜子观察进展。

“还没有。你要是把它脱下来就容易多了。”

“想得美。”

“你这是在折磨我。”

“这就对了。你得忍着。得克制自己。顺便再做点家务活。”克里斯汀回答，咯咯地笑。

哈里咬断线头，终于修好了。克里斯汀走到镜子前，拨弄修好的内衣带，转过身。

哈里的脸越来越红。他抱住她，动作有些笨拙，试图解开她的胸罩。“我会做饭，会洗衣服，会打扫卫生。我是头驮马。”他轻声说。

克里斯汀回以热吻。

～

一个小时后哈里回来了，他发现米克洛斯仍坐在原来的位置上。他在专心写信，就连哈里一屁股坐在他身边都没有抬起头来。笔尖在白纸上飞速穿梭。哈里沮丧地叹了口气。

米克洛斯终于抬起头，他看到哈里一副闷闷不乐的样子，没有表示惊讶。

“你不是又恋爱了吗？”

哈里拿起米克洛斯的汽水一饮而尽。“我完蛋了。”

“出什么事了？”

“她让我帮她修胸罩。后来我把她的衣服脱了。她的肌肤又细又嫩，特别紧致！”

“不错。好了，现在别打扰我，我要把这封信写完。”米克洛斯说完继续写信。

哈里有些羡慕米克洛斯，只要弹指一挥间的工夫，米克洛斯就可以全神贯注地做回自己的事情，轻松地断绝与外界的一切联系。“但是我硬不起来。没反应，”他忿忿地嘟囔道，“就是没反应。”

米克洛斯继续写信。“什么没反应？”

“我，我没反应。我以前一天能做五次。我可以把水桶挂在上面来回走。”

“挂在哪儿？”米克洛斯心不在焉地问，咬住笔头。

“现在……垂在我两腿间的就是一条软趴趴的鼻涕虫。又白又软，毫无用处。”

米克洛斯终于想到了合适的词。他暗自欣喜，迅速将词写在纸上，方才心满意足。现在他可以安慰哈里了。

“这很正常。没感情怎么可能有反应。”

哈里咬着嘴角，显得有些烦躁。他将目光转移到桌上的信，顺口念了出来。“‘亲爱的莉莉，我今年二十五岁……’”

米克洛斯一把抢过信。两人来回拉扯了几下，最后还是米克洛斯赢了。他将信塞进口袋。

亲爱的莉莉：

我今年二十五岁。我以前是一名记者，不过自第一部《犹太法》颁布后我就失业了。

米克洛斯的文笔常常充满诗情画意，他在写作方面有特殊的天分。事实上，他只做过八天半的记者。他被德布勒森《独立报》录用那天正好是星期一，与其说是记者，不如说更像是给警察当信差。那是他此生最糟糕的一刻。他刚刚工作一个星期，政府就开始实施禁止犹太人从事特定行业的法令。自然而然，他在报社的职业生涯也随之结束了。不过在他余生的每一份简历里，他都将这段短暂的学徒经验写了进去。这对一个十九岁的少年来说是个不小的挫折，想要彻底摆脱并不容易。前一天他还把铅笔别在耳后写文章，后一天就要站在大街上喊："卖汽水咯！快来买汽水！"他从马车里探出头，一阵刺骨寒风从耳边呼啸而过。

那之后，我到纺织厂工作过，去信用公司做过调查员，当过秘书，做过广告销售员，还有一些其他类似的工作，这样的生活一直持续到一九四一年，那年我被征召成为强制劳工。后来我趁机逃亡到了苏联。

我还在切尔诺夫第一家大饭店里刷过几个月的碗，再后来我逃到布科维纳，加入了游击队。

和他一起的一共有八个匈牙利逃兵。苏联红军对他们进行了速成式间谍培训，随后便派他们潜入德国人的战线后方。现在回想起来，很明显苏联人并不信任他们。历史教训告诫我们，苏联不相信任何人。尽管如此，当这几个匈牙利逃兵出现时，苏联还是决定让他们加入军队。

我能想象米克洛斯穿着棉夹克，背着背包，双手紧扒飞机舱门的样子。他俯瞰。在他身下，是令人恐惧的垂直空间、云朵和广阔的乡村。他感到头晕目眩，转身就吐了。一双粗手突然从身后一把抓住他，野蛮地将他从飞机上推了下去。

那日清晨，在奥拉迪亚附近，手持冲锋枪的匈牙利士兵正站在林地里守候。在空降部队距离地面还有几米高的时候，士兵竟将他们视为打靶练习，随意地向空中发起射击。米克洛斯很幸运。只有他没被射中。他刚一落地就被士兵扑倒扣上了手铐。当晚他被押送到布达佩斯监狱，刚关进去不到半个小时，几乎就被打掉了所有牙齿。

~

在拉伯罗的咖啡店里，哈里羡慕地看着米克洛斯。“有多少人给你回信?”

“十八个。”

“你打算给所有人回信吗?”

“一部分吧，不过她就是我要找的爱人。”米克洛斯回答，拍拍刚才藏信的口袋。

我已经做完自我介绍了，现在轮到你了，莉莉。请先给我寄一张照片吧！然后再告诉我关于你的一切事情。

“你怎么知道?”

“我就是知道。”

第三章

莉莉擤擤鼻子，擦干眼泪。转眼到了九月末。她住在埃克舍医院三楼的一间四人床病房里。窗外那棵孤寂的白桦树为迎接冬天的到来，渐渐飘起落叶。

斯文森医生年轻时就开始脱发。他还未满四十岁，稀疏白发间已清晰可见粉红色的头皮，锃亮的头顶光滑得像婴儿的小屁股。他个头不高，身材粗壮敦实，手长得很小，有点像小孩子的手，大拇指的指甲和樱花花瓣差不多大。

他摘下皮革网做的防辐射围裙，慢悠悠地走进 X 光暗室。摆在屋里的除了一架难看的仪器，还有一张单人椅，莉莉此刻正坐在椅子上。她身上的条纹病号服被洗得严重褪色，莉莉脸色苍白，看上去有些害怕。

斯文森医生在她身旁蹲下，将手轻轻搭在她的手上。令医生欣慰的是，这个匈牙利女孩的德语说得非常好。因为在这种情况下，哪怕沟通上出现一丁点误会，效果都会大相径庭。

“我已经评估完你的上一张 X 光片了。新片子明天会有结果。我们之前怀疑是猩红热，不过现在把这个可能性排除了。”

“难道是更严重的病？”莉莉轻声说，声音低得好像他们正坐在剧院观众席里不能大声说话似的。

“从某方面来说更严重。但不是传染病。所以没必要担心。”

“我到底怎么了？”

“你的肾不太好。但我会治好你。我保证。”

莉莉哭起来。

斯文森医生握住她的手。“别哭！你需要重新卧床观察。这次我们得更谨慎。”

“要多久？”

“先观察两个星期吧。也有可能三个星期。到时候我们再看。”他说着拿出手帕。

我没有自己的照片。前几天我又住院了。

～

我讨厌跳舞，但我喜欢做好玩的事情——我还喜欢吃瓤柿子椒（当然，一定要就着番茄酱吃）。

据说米克洛斯被人拽到金牛酒店舞台上跳舞的时候连九岁都不到，他湿漉漉的头发被梳得光滑无比，套在身上的西服也跟盔甲似的。那时候他的眼睛已经有毛病了，因为患上某种屈光不正的疾病，他不得不戴上难看的厚片眼镜，不过戴上眼镜的他看起来也和从前没什么两样。

正当舞蹈进入高潮部分的时候，小米克洛斯和一个叫玛琳达的小女孩被推到一群女孩中间。舞者们疯狂鼓掌，起哄似的煽动这对小舞伴在原地转圈。玛琳达突然回过神来。在一阵欢呼雀跃声中，她拉起米克洛斯开始转圈。舞台木地板刚刚打过蜡，转着转着，米克洛斯脚底一滑摔倒了。就这样，在米克洛斯尴尬的注视中，玛琳达成为了全场舞会的焦点。

米克洛斯和哈里匆匆赶回医院。回去的路上，狂风四起。米克洛斯竖起外套衣领。

哈里突然停下脚步，抓住米克洛斯的胳膊。“问问她有没有女性朋友。”

“现在还不是时候。我们才刚认识。”

那天几个男人办了一场派对。他们把营房折腾得面目全非，所有病床都被推到了角落里。他们从别处借来吉他，结果惊喜地发现杰诺·格里格尔竟能弹出时下最流行的曲子。

舞会开始。起初他们只是随着音乐纵情摆动，后来不知哪儿来的兴致竟玩起了角色扮演。他们事先既没有商量剧本，也没有互派角色，却一个个默契十足，一方扮起英姿飒爽的轻骑兵，另一方扮起搔首弄姿的美少女。他们轻击后鞋跟，他们互行屈膝礼，他们耳语情话，他们暧昧缠绵，他们轻舞旋转。被压抑了几个月的欲望天性在此时顷刻瓦解。

米克洛斯没有参与这个幼稚的游戏。他躺在床上，以示无声的抗议。他背靠着墙，开始写信，膝盖上垫着的依旧是他最喜欢的尼克索的著作。

你还没有跟我描述过你的容貌！你现在也许会觉得我是那类肤浅的布达佩斯型男人，觉得我只在乎外表。那么让我告诉你一个秘密：我不是那种人。

屋外有人敲门。莉莉顾不上抬头。此刻她正在专心读书，斯文森医生前一天给了她一本德语版小说，儒勒·凡尔纳写的《十五岁的船长》，书的页脚已被折得破旧不堪。

莎拉·斯坦站在门口。莉莉一怔，惊讶地看着她。莎拉冲到床边，扑通跪倒在地，给了她一个大大的拥抱。小说滑到地板上。

“斯文森医生帮我写了封转院推荐信。就是这儿，这间病房。其实我什么毛病也没有。”莎拉兴奋地在原地转圈，动作优美得像一名舞蹈演员。她迅速脱掉衣服，换上睡衣，爬到莉莉旁边的床上。

莉莉高兴得一个劲傻笑，像是疯了一样。

既然没有照片，那我现在就试着形容一下自己。至于体型嘛，我得说我属于丰满一类（这要感谢瑞典人），中等身高，深褐色头发。我有一双蓝灰色的眼睛，薄嘴唇，深色皮肤。你可以把我想象成美女，也可以把我想象成丑八怪，怎样都可以。就我而言，我不想做任何评论。我脑中有一个你的模样。不知道我想象中的你和真实的你是否接近。

～

星期日，林霍尔姆医生为病人安排了三辆巴士，他组织病人到几公里以外的哥特兰岛海边郊游。米克洛斯和哈里独自闲逛，他们找到一处空寂无人的沙湾，地方很隐蔽，正好为他们提供独处的空间。阳光明媚的午后简直是上天的馈赠。蔚蓝的天空好像延绵伸展开的钴蓝色油画布。他们将鞋脱掉，走到浅水处蹚水。

过了一会儿，哈里在一块岩石后面消失了。近日，哈里只要一逮到机会，就会躲起来去测试自己的性能力。米克洛斯假装没注意到。黄昏将夕阳下的影子拉长。虽然看不到哈里本人，却可以清晰看到他投射在沙地上的剪影，一副不达目的誓不罢休的固执样子，那画面仿佛是埃贡·席勒的画作。与此同时，米克洛斯正试图将注意力放在远处起伏的海浪上，还有那无边无垠的蓝色地平线。

我想知道你对社会主义的看法。根据你对家人的描述，我猜想你应该来自中产阶级家庭，这和我的境遇一样。在了解马克思主义之前，我也这么以为——中产阶级对马克思主义通常有着十分奇怪的观点。

埃克舍的秋天来得格外早，仿佛在一夜之间不期而至。屋外暴风咆哮，雨雪四处飞扬，一切都来得让人措手不及。孤寂的白桦树在狂风中不停摇曳，两个女孩惊恐地望向窗外。她们的床挨得十分近，近到伸手就能握住彼此。

“我要是有十二克朗该多好啊！”莉莉轻声说。

“你会用它做什么？”

莉莉闭上双眼。“以前，在纳弗勒斯大街的街角有一家蔬果店。我母亲总让我去那里买水果。”

“我知道那家。那人叫泰迪先生！”

“这个我倒是不记得了。”

“我记得。他的名字叫泰迪先生。不过我叫他小熊。是什么让你想到了他？”

“其实也没什么。上个月得病以前，我在斯莫兰斯泰纳的商店橱窗里看见了一盘青椒。”

“真的吗？我以为他们那儿没有青椒呢。”

“我也以为没有呢。他们卖十二克朗——一公斤，我记得，还是半公斤来着？”

“你想买一个？”

“我知道这有点傻，但我昨天梦到那些青椒了。我咬了一口。特别脆。真是痴人说梦啊。”

雨雪不停地敲打在玻璃窗上。两个女孩惆怅地望向窗外。

我朋友莎拉总会给我讲许多关于社会主义的事情。我必须承认，至今为止我都没怎么关心过政治。我正在读一本关于三十年代莫斯科审判秀的书。不过你可能已经十分了解了。

～

大约过了一两个星期，十月中旬的时候，窒息感又一次袭击米克洛斯。他来不及大声呼救。他站在病房中央，身体僵硬，使劲张大嘴，试图吸入一些氧气。接着就晕厥过去了。

这一次他们从他的肺里抽出了两升液体。他整晚都躺在手术室旁的小屋里。哈里害怕米克洛斯会再次犯病，为了能第一时间通知林霍尔姆医生，他整晚都躺在米克洛斯床旁的松木地板上守着，尽管医生让他放心，说他一时半会儿不太可能再犯病，但哈里还是有些担心。

“发生了什么？”父亲的声音在空气中颤抖，可怜得像一只翅膀受伤的小鸟。

“你晕倒了，”哈里回答，“他们把液体吸出来了。手术室就在隔壁。”

木地板硌得哈里身体一侧有些疼，他挺直身体将腿盘起来。米克洛斯安静地躺了很长时间。然后，他咕哝：“你知道吗？哈里，我想谈恋爱。他们打败不了我。”

“谁？”

“谁都不行。没人知道我有多固执。”

“我可真羡慕你。你太坚强了。”

“你也会好起来的。我敢保证。你的鼻涕虫会变成一棵参天大松树。然后就再也没有什么东西能阻挡你了。”

哈里前后摇晃着身体，思忖着米克洛斯刚才说的话。“你确定？”

“快来试试我的宝剑吧，女士们！”米克洛斯说，试图挤出一丝微笑，然后想到他写给莉莉的信。

现在，我想问一个奇怪的问题。你的感情经历如何？我这么问是不是有些莽撞无礼？

～

一天下午，莎拉跟护士打听到埃克舍最好的蔬果店在哪儿后，便坐电梯到一楼，偷偷从医院跑出来。莎拉冒着连绵细雨，一路狂奔，跑向旧城，虽说是旧城，却仍有其魅力所在。皇天不负有心人：摆在商铺橱窗里的唯一一件商品就是藤条篮子，篮子里面装的正是几个新鲜的青椒。莎拉停下喘气的同时，吃惊地盯着那几个青椒。她将手伸进口袋里掏零钱，然后慢悠悠地走进店里。

回答你的“怪”问题很简单：我交过几个男朋友。至于我是交过很多个男朋友，还是只交过一个刻骨铭心的男朋友？这个问题得你自己猜！

～

哈里是营房里的花花公子。他喜欢装成少女猎手到处拈花惹草，他诡秘的笑容仿佛在暗示别人他曾伤害过无数姑娘的心。毋庸置疑，只有米克洛斯知道他的小“问题”。

后来，有人发现哈里在床垫下藏了一瓶珍贵精美的古龙水。谁也不知道他从哪儿搞来的，有时在他进城前，整个营房都会充满刺鼻的薰衣草香味。一天晚上，哈里正准备出门，却发现古龙水不见了。

没过多久，只见古龙水的瓶子在营房里飞来飞去，哈里追着瓶子四处跑，拼命想要把它夺回来。拿到瓶子的人一等哈里靠近，就又举起瓶子朝哈里头顶扔过去，再传给其他人。他们玩了一会儿觉得没劲了，竟拧开瓶盖开始互喷起古龙水来。哈里眼含泪水恳求他们。“我是借钱买的啊。”他嚷道。

我的病友可真过分。都是因为他们，这封信的字才如此凌乱。匈牙利人，大部分都是匈牙利人！这里一片混乱，我根本无法安心写信。他们拿着我的病友唐璜[①]的古龙水到处乱喷。有些还洒在了我的信纸上。大家的兴致都很高昂，甚至有些危险。哈里和我可能要逃离这里，我们打算翻山越岭去见你和你的朋友。

～

幸运的是，莎拉从旧城回来时，莉莉正在睡觉。她蹑手蹑

① 唐璜，西班牙的传说人物，外表英俊潇洒，风流倜傥，一生周旋于贵族妇女之间，在文学作品中多被用作“情圣”的代名词。

脚地把两个青椒放在莉莉的枕头上。

亲爱的米克洛斯，你和你的朋友能来看我们真是太令人兴奋了。

～

米克洛斯和哈里经常绕着医院操场阔步走锻炼身体。既然去埃克舍的计划有可能成真——米克洛斯正在为此酝酿理由，他打算以家庭团聚为说辞——哈里对这件事充满了好奇。他决心也为自己找一个笔友，至少得保证能和米克洛斯一起去探望莉莉她们。“到底有几公里？”他问。

“将近三百公里。”

“去程两天，回程两天。医院不会同意的。”

米克洛斯走在前面，眼睛盯着路。

“会的，他们会的。”

哈里觉得他不应该再怀疑自己的性能力了。“我状态好多了。每天早晨醒来都是硬的，像这样！”他边说边用手比画长度。

米克洛斯没有理睬。

到时不管发生什么，一定别忘了我是你表哥，哈里是莎拉的舅舅。尽管如此，我还是得提醒你，在火车站，对，就在火车站，表哥会给你一个吻。我们得做足戏！

献上友好的握手，还有表哥的吻，米克洛斯。

～

埃克舍难得有这样晴朗的早晨，病房门突然打开了，一个胖乎乎的身影出现在门口，居然是朱迪·歌德！她笑眯眯地放下行李，张开双臂。“斯文森医生也给我写了一封推荐信。说我严重贫血。我们终于能在一起啦！”

莎拉朝朱迪冲过去，两个人拥在一起。虽然医生严格禁止莉莉这么做，可她还是爬下了床。三个女孩将胳膊搭在一起，兴奋地围在窗户前又蹦又跳。然后，她们回到莉莉的床上坐下。

“他还有给你写信吗？”朱迪拉起莉莉的手，问道。

莉莉停顿了一会儿。她最近新学会了一招，她发现开口说话前停顿一下有助于营造神秘的气氛。她站起来，用夸张的动作拉开床头柜抽屉，拿出一捆信，高高举起。

“八封！”

朱迪鼓掌。“他可真勤快呀。”

莎拉拍拍朱迪的膝盖。“你该看看他有多聪明！而且他还是个社会主义者。”

这对朱迪来说有些难以接受，她做了个鬼脸。“呃，我讨厌社会主义者。”

“莉莉可不讨厌。”

朱迪从莉莉手里拿过信，闻了闻。“你确定他没结婚？”

莉莉一惊。为什么要闻它？“肯定没有。”

“我们必须调查他的底细。你们都知道，我被男人伤害过太多次了。”

至少朱迪比另外两个女孩年长十岁，和她们比起来，她更了解男人。莉莉拿回信，拆掉橡皮筋，抽出最上面的一封。

“听听他都说了什么：‘告诉你一个好消息。咱们现在可以往匈牙利发电报了。但是必须用特殊表格填写。你可以去大使馆或斯德哥尔摩红十字会那边领取。每张表能写二十五个字。’怎么样，是不是很棒？”

这可真是好消息。她们陷入沉思。莉莉将身体后倾靠在床上，她把信放在肚子上，眼睛凝望着天花板。“我好久没有听到妈妈的消息了。爸爸的也没有。我实在受不了了。你们不担心吗？”

女孩们试图避开彼此的视线。

～

秋天悄无声息地来到了哥特兰岛。一个寒冷阴郁的秋日午后，林霍尔姆医生将营地里所有人召集在一起。他高兴地向大家宣布了两个消息：一个是营房里所有的病人都不再具有传染性；另一个是在次日清晨，所有匈牙利病人都将转院到阿维斯塔，那里有一家临时医院，位于斯德哥尔摩以北。林霍尔姆医生也会陪他们一同过去。

～

阿维斯塔有几百公里远。蒸汽火车在铁轨上驶过，发出咔嚓咔嚓的声音，经过一天半的舟车劳顿，他们终于抵达目的地。第一眼看到新康复营地时，眼前的景象让所有人震惊不已。营地位于密林深处的中心地带，离小镇有七公里远，周围被铁丝网隔开，最糟糕的还要数营地中间那座高耸的烟囱。

他们被安置在砖房营地。如果天气没有那么糟糕，大家也许会安顿得舒心一些。阿维斯塔经常刮风。这里的一切都被繁茂的森林笼罩着。太阳的颜色像是熟透的橙子，太阳每次出来的时间都很短暂，只探出脑袋不过几分钟便又躲起来杳无踪影了。

窗外是长满杂草的水泥小院。木制长桌椅散发着斯巴达式的魅力。夜晚，处在康复期的病人经常裹上毛毯坐在院子里休息。

林霍尔姆医生为病人订了匈牙利报纸，每隔几天就会送来一份，虽然送来时已是三个星期前的旧报纸。报纸印刷质量很差，尽管如此，每次收到报纸后，他们都会迫不及待地将报纸撕成四份，迅速交换阅读。他们挤作一团，贪婪地阅读报纸上每一个字。挂在头顶的白炽灯左右摇晃。每读完一页，再在灯下相互交换，边看边嚅动嘴唇无声默念。心绪也随之飘向了远方的家乡。

重新组装的250马力的螺旋桨蒸汽船首航启程
苏联画家亚历山大·格拉西莫夫在吉尔勒特酒店举办庆功宴
凯奇凯梅特市从苏联占领军手中收到三百对牛的赠礼
赛格德举行自行车比赛
电影《教师》开机

你能想象吗！我们拿到了《科苏特人民杂志》八月刊。我们甚至看完了上面所有的广告。家乡的剧院场场爆棚。一份四页的报纸卖两辨戈①，一袋一公斤的面粉卖十四辨戈。人民法庭对箭十字党②成员一一进行审判。路上出现了好多新街名。墨索里尼广场更名

① 辨戈，匈牙利从前的货币单位。

② 箭十字党，匈牙利的极右组织。费伦茨·萨拉希为主要领导人，从1944年10月15日至1945年3月28日短暂执政，在其执政期间，大概有15000个无辜平民被屠杀（多数为犹太教徒），8万人从匈牙利被驱逐出境，被迫流放到奥地利集中营。战争结束后，萨拉希和其他箭十字党领导人作为战犯被匈牙利法庭审判。

为马可广场。整个国家充满了希望。人们想要工作。教师需要参加再教育课程。第一堂课便是由政党老大拉科西·马加什[①]授课。不过我想你一定对这些政治话题感到厌烦了。

～

阿维斯塔的X光室和拉伯罗的没什么两样。事实上，这里唯一特殊的是那道延伸至屋顶的小裂痕。对米克洛斯来说，那道裂痕仿佛是某种象征，为他带来希望。在这间屋子里，他又一次将凹陷的胸腔和狭窄的肩膀靠在仪器上。X光片拍好后，仪器照例发出一声“哔”的提示音。每当屋门打开，灯光射进暗室的一瞬间，米克洛斯总是捂住双眼。站在门口的人永远是林霍尔姆医生，他一定穿着那件皮质防辐射围裙。

X光片结果在次日出来。米克洛斯走进林霍尔姆医生的办公室，在桌前坐下。米克洛斯将身体后倾，把椅子前腿悬空。这个坏习惯是到了阿维斯塔以后养成的。他跟自己打赌，如果医生和他讨论的问题关乎生死，他准会像调皮的孩子一样在椅子上来回晃悠，同时拼命集中注意力。

“X光片结果不错。轮廓清晰，很容易读。”林霍尔姆医生

① 拉科西·马加什（1892—1971），匈牙利人民共和国在1945年至1956年期间的党和国家最高领导人。

说，直视米克洛斯的双眼。

“有什么变化吗？”

“结果不能说是振奋人心。”

米克洛斯双脚着地坐稳。

“还有，打消去埃克舍的念头吧。那儿离阿维斯塔太远了。天知道到要花多长时间。”

“我只需要三天。”

“你总在黎明发烧。不会有奇迹发生的。”

米克洛斯有自己的体温计。每天清晨，四点半，闹钟准时把他叫醒。水银线永远升至同样的温度。三十八度二。不多也不少。

“这么做不是为了我自己。我的表妹很寂寞，甚至有些抑郁。如果我能去看她，对她来说将有非凡的意义。”

林霍尔姆医生若有所思地瞥了他一眼。他和玛尔塔已经在阿维斯塔安顿好新家，玛尔塔现在是阿维斯塔营地这边的护士长。他决定邀请米克洛斯来家里共进晚餐，米克洛斯和他妻子一直相处得不错。说不定通过家庭聚餐能够劝阻这个固执的魅力青年，让他放弃这个疯狂的计划。

～

林霍尔姆夫妇的家在火车线边上。窗外时常有火车呼啸而过。为了赴宴，米克洛斯特意打扮了一番，他借来夹克和领带，不过穿这么正式着实令他有些不自在。刚一开始，对话进行得有些尴尬。玛尔塔为每个人端上一盘椰菜卷。林霍尔姆医生将餐巾纸塞进衬衫里。

“玛尔塔特意为你做的这道菜。匈牙利菜，是她告诉我的。”

一辆火车从窗前驶过，发出刺耳的噪声。

正当气氛再次陷入沉默之际，米克洛斯回应道：“这是我最喜欢的一道菜。”他掰了块面包，小心翼翼地将抖落的面包屑捡起来。

玛尔塔朝米克洛斯的手上轻轻打了一下。“你要是再打扫，我可让你洗盘子去了。”

他不好意思地涨红脸。三人再次陷入沉默，低头吹热椰菜卷。

米克洛斯开始咳嗽。过了一会儿，他喘口气说：“林霍尔姆医生的匈牙利语说得非常好。”

“这方面我赢过他。但在其他方面，艾瑞克都是老大。”玛尔塔说，冲丈夫笑笑。

他们继续用餐，依旧默不作声。椰菜丰富的汁水顺着米克洛斯下巴流下来。玛尔塔递过纸巾。他尴尬地将嘴擦净。

“我可以问问你们是怎么认识的吗？”

玛尔塔坐在椅子上的时候几乎够不到桌子，她伸直手臂，越过酒杯间的空隙，把手搭在林霍尔姆的胳膊上。“我可以告诉他吗？”

林霍尔姆医生点点头。

“还是十年前。一个瑞典医生代表团到布达佩斯的罗库什医院访问。里面的人没有一个是高个子。我当时是护士长。”玛尔塔说，然后停顿了一下。

林霍尔姆医生喝了一口酒。他没打算帮她继续说下去。

“在我还是少女的时候，别人就总嘲笑我。瞧瞧我，米克洛斯，你看得出来为什么，对不对？如果有人让我去开窗户，我得拜托班上其他同学来帮我。我十六岁的时候就告诉我母亲，只要有机会，我一定搬去瑞典，找个瑞典丈夫。所以我开始学习瑞典语。”

一辆客运列车驶过，发出咣当咣当的响声。那声音十分真切，真切到好像火车就在他们与盘子中间穿过一样。

“为什么是瑞典？”

“众所周知，生活在那里的男人个子都相当矮。”林霍尔姆补充道。

米克洛斯憋了五秒才敢笑出声。尴尬的局面终于打破了，像什么塞子被拔掉了一样：对话逐渐顺畅起来。

“到一九三五年，我的瑞典语就非常流利了。凑巧的是，林霍尔姆医生也受够了他的前妻。他前妻有一米八高。是这样吧？对不对，艾瑞克？”

林霍尔姆医生重重地点了点头。

“我怎么着来着？一天晚上我诱惑了他。在医院里。手术室隔壁。我没漏掉什么细节吧，是不是艾瑞克？好了，现在轮到你了，米克洛斯。你跟那个住在埃克舍的女孩谈论过你的病情吗？”

米克洛斯满脑子想的还是刚才递过来的纸巾，听到这话，他突然拿起刀叉，狼吞虎咽地吃起椰菜。“多多少少说了一些。”

“艾瑞克和我在这件事情上持不同态度。我认为你应该去。让你……表妹高兴起来。还有你自己。”

林霍尔姆医生不禁叹了口气，继续为大家添酒。“我有个同僚在艾德佛斯工作，上周他寄给我一封信。”他说。林霍尔姆医生突然站起身，匆忙走进另外一间屋子。过了一会儿，他回到客厅，手里拿着一张纸。

“我给你念一部分，米克洛斯。艾德佛斯有家医院接收女病患，那家康复中心住了四百个病人。其中有五十个女孩要被转移到其他管理制度更为严格的医院去。你知道是什么原因吗？”他问，手里挥舞着信。

米克洛斯耸耸肩。林霍尔姆医生没等他回答。

“因为她们生活放荡。我念给你听。听好了。‘这些女孩在病房里和男人同房，有的竟然跑到附近森林的空地去。’”

所有人沉默不语。

过了一会儿，娇小的玛尔塔问：“她们是匈牙利女孩吗？”

“我不知道。”

米克洛斯知道答案。“她们是被宠坏的上流社会女孩！”他用得意的语气宣布。

玛尔塔慌忙放下叉子。“那是什么意思，米克洛斯？”

终于问到米克洛斯熟悉的话题了。他打算让自己享受这一刻。社会主义的清新之风已将旧世界乌烟瘴气的过往吹得烟消云散。

“那类女人通常依附于某种特定的道德观念。她们抽烟，穿尼龙长丝袜，对一些肤浅之事喋喋不休。‘内心深处却空空如也。’”米克洛斯忍不住引用阿提拉·约瑟夫[①]的诗句。

“我无法确定你说的对不对，”林霍尔姆医生说，“我只知道，苍蝇不叮无缝蛋。”

不过米克洛斯可不是那么容易被唬住的。“要想彻底纠正中产阶级的道德观念，方法只有一个。”

“是什么？”

“建造一个全新的世界！从头开始。”

从那一刻起，我父亲便开始滔滔不绝地发表各种激进的政治宣言，整顿晚餐自然也淹没在了这种气氛里，他对三位一体的拯救表示出极大赞美：“*自由*、*平等*、*博爱*”。他甚至没有注意到他们已将甜品吃了个精光。

午夜过后，林霍尔姆医生将车拐进医院大门内。米克洛斯

① 阿提拉·约瑟夫（1905—1937），生于布达佩斯，是20世纪匈牙利的著名诗人。

从车里走出来，向医生挥手道别。他心情愉悦，对于即将要启程的埃克舍之行充满了希望。一回到营房，米克洛斯迫不及待地点燃蜡烛，他蜷在床上，兴奋地将他那套拯救世界的思想观浓缩成四页纸写了出来。

> 如果你能告诉我你对这些见解的看法，我会非常高兴。我之所以对此格外感兴趣，是因为你来自中产阶级，或许你能从中产阶级的角度来看待这个问题。

第四章

十月的第三个星期，斯文森医生允许莉莉下床走动了。她孤身一人在贴满瓷砖的医院走廊里游逛。刺鼻的消毒水味和清理鱼内脏的恶臭味混在一起。女病区在三楼，除了三楼，放眼望去，整个地方似乎满是性情乖戾的瑞典士兵。

莉莉即将和比约克曼一家共度离开病床后的第一个星期日。为了帮助这些匈牙利女孩适应新环境，两个月前在斯莫兰斯泰纳，医院为每个人安排了一个瑞典家庭。斯文·比约克曼经营一间小文具店。他和家人是虔诚的天主教徒。

莉莉被分配到比约克曼一家并不是偶然。自她“背叛”信仰到现在，已经过去了五个月。五月份的时候，战争刚刚结束，她从集中营获救后，在贝尔森小镇的医院重新恢复了意识，就在恢复意识的一瞬间，她毫不犹豫地放弃了对犹太教的信仰。事实上，她选择信奉天主教也很随机。不过事后证明，如果不是这样，他们也不会将比约克曼一家安排给她，这要感谢瑞典人的体贴入微和精挑细选。

在接下来的星期日清晨，比约克曼和妻子以及两个儿子开长途车来到埃克舍。他们在医院门口等候莉莉，再次见面时大家都很开心，他们和莉莉愉快相拥后，便直接带她前往斯莫兰斯泰纳去做弥撒。

这座教堂简约宽敞，比约克曼一家坐在第三排长椅上。莉莉·芮奇，这个还处在康复期的匈牙利女孩，也和他们坐在一起。他们容光焕发，面朝讲坛而坐。莉莉只能听懂几个瑞典语单词，所以一开始并没有对讲道产生过多共鸣，当管风琴赋格曲响起时，她才渐渐融入这神圣庄严的氛围中，她感到自己的心灵正在接受洗礼。随后，她也加入跪在神父面前的队伍中，等待这位有着蓝色锐利双眸的年轻神父将圣饼放到她的舌头上。

亲爱的米克洛斯：

我想请你下次写信不要这么着急，至少先想清楚你在写什么，给谁写。我们的关系还没有那么熟络。注意点自己的语言！没错，我就是典型的资产阶级女孩。就算那四百个女孩中“大约有五十个”符合你的描述，又有什么可大惊小怪的？

～

同一个星期日的清晨，米克洛斯和哈里坐在阿维斯塔医院的餐厅里，面前摆了几个司康饼和几瓶汽水。餐厅里只有他们两个人，他们本应为此庆祝一番，可是米克洛斯的情绪实在糟透了，他根本没有注意到这些。

“我搞砸了。”米克洛斯怨念地嘀咕。

哈里向他挥手。“你当然没有了。她会冷静下来的。”

“没戏了。我有种预感。”

“那你可以换个人写信。”

米克洛斯抬起头，惊讶地看着他。“没有其他人了。非她不可，没有她我就死了。”哈里怎么这么不善解人意？

哈里扑哧笑出来。“措辞，只是措辞？”

米克洛斯将手指伸到水杯里沾湿，在木桌上写下“LILI”。“这个也会干掉。”他伤心地说。

“给她寄一首你的诗啊！”

“太晚了。”

“我可不喜欢哀伤的犹太人，”哈里说着站起身，“我得去给你找点好东西让你开心起来。我去贿赂贿赂谁，或者给你偷点什么来。赶快收起那张苦瓜脸，别总是一副愁眉苦脸的样子。”

哈里穿过阴郁的大厅，推开双开门，进入厨房。这里也没有人。他翻遍所有橱柜，终于找到一罐蜂蜜。

他迅速带着蜂蜜凯旋。“别用勺子。你得把手指沾进里面，像这样。”

父亲出神地望着桌面。第二个“L”仍旧依稀可见。

“对了，”哈里吸吮手指，“你有纸和笔吗？我说你写。”

“什么？”米克洛斯问，他终于抬起头。

“写信。给她写。准备好了吗？”哈里将手指沾进蜂蜜里。

米克洛斯一头雾水，他从口袋里拿出几张纸和一根铅笔。哈里的乐观情绪终于在米克洛斯的绝望盔甲上敲开一条缝。“亲爱的莉莉，”哈里开始口述，舔舔手指，“我必须告诉你，我轻视并且嘲笑那些羞于谈论此事的蠢女人……”

米克洛斯啪的一声将铅笔摔在桌上。“真是愚蠢至极！你想让我把这个寄给莉莉？”

“你跟她互通信件已经有一个月了。现在正是跟她拉近关系的时候。我是局外人，所以我看得更清楚。”

~

接下来的星期日，在斯文·比约克曼做完饭前祷告后，比约克曼家的两个儿子才差不多安静下来，比约克曼太太为大家盛汤，分量如往常一样精准。

“你把十字架藏哪儿了，莉莉？”比约克曼问，漫不经心地看了莉莉一眼。

也许因为他只会说一点点德语，也许因为他想试探一下莉莉的瑞典语水平。莉莉茫然地看着他，他又重复了一遍问题，还是用瑞典语，指向自己脖子上的十字架。

莉莉满脸通红。她从口袋里掏出那条银色的小十字架项链，把它戴在脖子上。

“为什么摘下来呢？”他问，和蔼地看着她，“我们把它送给你是希望你能够将它戴在脖子上。一直戴着。”

话里有明显的责备之意。直至吃完整顿饭，他们都没有再进行任何对话。

> 你上封信的语气和内容很奇怪，不过看在你还算是个好人的分上，我还是给你回这封信。另外，我不确定像我这样的“资产阶级”女孩是否适合做你的朋友。我觉得你这次很过分。

～

黎明时分。米克洛斯从床头柜抽屉里摸出体温计，他闭着眼睛将体温计放到嘴里。然后数了一百三十下。他睡眼惺忪地朝体温计瞟了一眼：根本不需要仔细研究上面的度数。体温犹如鬼鬼祟祟的小偷一样，蹑手蹑脚地往上爬，盗走他的信心，又在破晓的朦胧光线中消失得杳无踪影。他把体温计放回抽屉，转身继续睡觉。

八点起床的时候，他的体温恢复了正常。

亲爱的莉莉：

我可真是个笨蛋！对不起。我干吗要用我的那些愚蠢思想招惹你呢？特此献上热情的握手之礼。

米克洛斯

P.S.：我还可以这样做吗？

～

瑞典的邮政火车通常需要两天时间才能将信寄达。莉莉收到米克洛斯的道歉信时，正和莎拉挤在自己的床上。

"'P.S.：我还可以这样做吗？'"

"你该原谅他了。"莎拉思考片刻说。

"我已经原谅了。"

莉莉爬到床边，从床头柜里拿出一个信封。

"我特意没封上，"莉莉边说边在信里搜寻她想给莎拉看的部分，"在这儿呢：'没错，米克洛斯，你确实是个笨蛋！

但如果你好好表现，我可以和你言归于好。’”她欣喜地看着莎拉。

“男人啊！”莎拉笑笑说。

～

阿维斯塔医院门口停了四辆自行车，那是医院为了方便病人往来于森林与小镇之间而特意准备的。此时天气已经转凉，纵使正午的阳光也无法融化杉树上的积雪。从森林骑自行车到小镇需要将近一个小时的路程，为了抵御漫漫长路的寒冷，米克洛斯和哈里将耳朵和手包裹得格外严实。

即便如此，也还是被冻得够呛。他们坐在邮局等候时，试图将双手压在大腿下面取暖，过了很长时间手指才渐渐恢复知觉。

米克洛斯有些坐立不安。从座位上看，他可以看到三个电话亭的玻璃门，每个电话亭都有人使用。他如坐针毡。下一个就轮到他了。

仿佛过了一个世纪的等待，其中一个电话亭终于空了。柜台接线员将听筒举起放到耳边。她朝米克洛斯看了一眼，对着电话说了些什么，然后冲他挥手。他站起身，摇摇晃晃地走向那个空着的电话亭。

～

朱迪·歌德以百米冲刺的速度跑上楼，她一路狂奔，几乎撞上正在对面匆匆忙碌的护士和医生。病房里面正开着窗户，莉莉和莎拉坐在窗前看书。朱迪夺门而入。“莉莉！莉莉！”她大喊，“你的电话！”

莉莉目瞪口呆地看着她，茫然无措。

“别愣着了！是米克洛斯打来的！”

莉莉瞬间涨了红脸，从窗台上跳下来。她急忙飞下楼奔向地下室，这间电话室是医院特意为病人设置的。一个护士从里面走出来，惊讶地看着莉莉。莉莉看到放在桌上的听筒。她放慢脚步。她战战兢兢地伸过手，小心翼翼地将听筒举到耳边。“是我。”

电话另一头是邮局里的米克洛斯，他轻声咳嗽了一下，不料发出的声音还是比自己平时说话的男中音要高。“你的声音跟我想象中的一模一样，”他紧张地说，“太神奇了！”

“我还没喘过气来。我是跑着过来的。医院只有一个电话，在主楼，我们……”

米克洛斯开始喋喋不休地讲话：“你先喘口气。让我来说，好吗？我之前不是和你说过怎么往家乡发电报吗？我打电话过来是因为——你肯定想象不到——咱们现在可以通过航空邮递给家乡寄信了，中途会经过伦敦或布拉格。你终于可以联系上母亲了！是不是很棒！我思忖着应该直接打电话过来告诉你这个好消息。”

“噢，亲爱的。”

“我说错话了吗？”

莉莉握紧听筒，由于太过用力，手攥得直发白。“妈妈……我不知道……我不知道她的地址……她当时被迫从我们的旧公寓里搬出来，搬到了犹太区……我不知道她现在住在哪里。”

米克洛斯恢复了原本柔顺的语调：“哎，我可真蠢。你当然不知道了！不过咱们可以在报纸上发个告示。通过《光明日报》[①]发信息给她。所有人都读那个报纸。我存了一些钱。让我来安排。”

莉莉有些惊讶。米克洛斯每个月只有五克朗的零花钱，他怎么可能负担得起这么一大笔费用呢。

“你是怎么攒的钱？”

“我没有告诉过你吗，宝贝儿？啊，对不起，我这么叫是不是太过分了？对不起，莉莉。”

莉莉羞得满脸通红。她突然感到一股暖流涌上心头。“我真希望能见到你。”

米克洛斯顿时觉得自己仿佛置身于皇宫之中。他激动万分，

---

① 原文是匈牙利语 *Világosság*，意为光明。

向空中挥舞着拳头，透过玻璃门冲哈里示意。“嗯，是这样，如果我和你说我有一个在古巴的叔叔呢……说来话长，我还是写信跟你解释吧。”

两个人沉默良久。他们将听筒紧紧贴在耳边。

“你还好吗？”莉莉先开口，“我是说，你的身体。”

“我吗？我很好。所有测试结果都呈阴性。肺部还有一块小斑点。一些积水。一点点胸膜炎。不严重。可以说还在治疗中。你呢？”

“我也很好。都不疼了。只不过要吃补铁药。”

“你有发烧吗？”米克洛斯问。

“有一点。肾部感染引起的。不足为虑。我胃口很好。我真的非常期待见到你……见到你们两个人。”莉莉说。

“嗯。我正在安排。不过当下，我为你作了一首诗。”

“我吗？”莉莉又涨红了脸。

米克洛斯闭上眼睛。“我可以背给你听吗？”

“你已经记在心里了？”

“当然。”

他快速思索。事实上，他已经为莉莉写了六首诗，全部都是献给莉莉的。此刻，他只需从中挑选出一首。“诗的名字叫《莉莉》。你还在吗？”

“嗯。”

米克洛斯靠在电话亭的墙壁上。闭上双眼。

我踏上冰莹的积洼之地，
脚下的冰霜吱吱作响。
你若来轻抚我的心，请当心，
哪怕是最温柔的动作，
也足以将我深藏的秘密冰海击得支离破碎，
四散飘零。

“你还在听吗？”

莉莉屏住呼吸。

他听不见她的声音，但是能够感觉到她的存在。

“嗯。”

米克洛斯的内心也蹦出一丝恐惧感，又或许他只是嗓子沙哑。遥远的距离使听筒发出嘶嘶声响，诗的词句听上去断断续续，犹如滚滚波涛。“那我继续背了。”他说。

请温柔地靠近我，
带上我们遗失的笑容。
寻找一片净土，
那里的痛苦已凝结成霜，
你炽热的爱抚，
在我的胸膛幻化成雨露。

第五章

埃克舍医院将一楼的会议室空出来，专门供红十字会使用。会议室不大，甚至有些寒酸，里面空荡荡的，连扇窗户也没有，只摆得下一张桌子和供到访者坐的曲木椅。

安玛丽·阿维德森是当地红十字会的代表。她每写完一句话都要把铅笔削尖。为了让莉莉听懂所有细节，她说德语的时候特意放慢语速，并试图吐清每一个音节的发音。她执意将所有问题解释给这位俏丽的匈牙利女孩听，就连那些超出她职责范围的事情也不放过。例如，对这么多病患开放入境，瑞典所承担的风险；再例如，红十字会总会遇到各种意想不到的事情，因此会产生许多临时开销，对他们来说，钱永远不够用。诸如此类事件不胜枚举，她还没有提到住宿问题。喜欢也好，不喜欢也罢，中心思想就是她不支持这类因私探访。

“你要知道，莉莉，即使从原则上来说，我也不同意这类探访。”

莉莉仍不放弃。“只是几天而已。又能伤害到谁呢？”

“谁也伤害不了。可是有什么意义啊？从瑞典的另一头跑过来。这得花多少钱。他们到了以后呢？这儿可还住着三百号病人呢。这里是医院，不是酒店！你有考虑过这些吗，莉莉？”

“我有一年半没见过他们了。”莉莉投去恳求的目光。

阿维德森女士以为一尘不染的桌面落了一丝灰尘，她下意识将灰尘拂去。“就算我批准了。你的亲戚吃什么？红十字会可没有多余的资金提供额外食物。”

“只需一点点。什么吃的都可以。”

“你还是没有面对现实，莉莉。他们也是病人。我甚至无法想象他们怎么买得起火车票。”

“我们在古巴有个亲戚。”

安玛丽·阿维德森挑起一边眉毛。她草草写下几个字，又削削铅笔。“这个亲戚会帮你们支付探访费用？从遥远的古巴寄钱过来？”

莉莉深深凝视阿维德森女士的眼睛。“我们是充满爱的一家人……”

这句话最终把阿维德森女士逗乐了。“我欣赏你的决心。我会试试看。但我不能保证什么。”

莉莉站起身，笨拙地伏在桌子上，亲了安玛丽·阿维德森一下。随后夺门而出，出去的时候还碰倒了椅子。

安玛丽·阿维德森也站起来，她将椅子摆好，然后拿出手帕，使劲将莉莉留在她脸上的吻痕擦净。

~

几天后在斯德哥尔摩，犹太拉比埃米尔·科隆海姆轻快地踏上火车。他是一位心无旁骛的苦行修道犹太拉比，个头矮小，身形瘦削，身着一件老式灰色西服，乱蓬蓬的头发犹如干草堆一样。瑞典政府曾致电他，希望他能在这段困难时期给予犹太教友们一些精神支持，自那以后，他的名字和地址就被钉在了瑞典各个康复中心的告示板上。

他跑遍了瑞典的大江南北，每个月有三个星期会在外面奔波。有时候，他会集结一群教友进行交谈。其他时候，他会花上数把个小时和教友进行一对一交谈，耐心聆听对方诉说。他常轻轻眨眼给予对方力量，有时过于专注，他能站在原地一动不动直至夜幕降临。他从不感到厌烦。

他唯一对自己放任无节制的就是鲱鱼。可以说几近疯狂。他向来抵抗不住腌鲱鱼的诱惑。就算是搭乘火车，他也不会忘记吃上两口，窗外积雪皑皑的乡间从身旁疾驰而过，他一边读报，一边手捧被油渍浸湿的纸一口一口地啃食鲱鱼。

火车抵达埃克舍车站后，他从车厢里出来。外面下着瓢泼大雨。他快速穿过湿漉漉的站台。

据他所知，埃克舍医院里面住着三个匈牙利女孩。几天前，他收到其中一个女孩的来信。任何灵魂都有其存在价值。他没有犹豫片刻，立即从斯德哥尔摩出发开启这趟枯燥乏味的旅程。

此刻，他正坐在安玛丽·阿维德森曾经待过的那间无窗会议室内。一只苍蝇吸引了他的注意力，桌上放着几根铅笔和铅笔刀，苍蝇在它们之间爬来爬去。

屋外有人敲门。朱迪·歌德从门口探出脑袋。“我可以进来吗？”

犹太拉比笑笑。“你和我想象中的一模一样。你知道吗，亲爱的——”

“我是朱迪·歌德。”

“你知道吗，亲爱的朱迪·歌德，看了你的笔迹以后，我在脑海中拼凑过你的模样。值得嘉奖自己的是：我的猜测正中靶心。事实上整个世界也恰巧建立在这种预感之上。在滑铁卢战役以前，拿破仑……啊，你的脸色好苍白。需要喝点水吗？”

桌上放着一个水壶。科隆海姆往杯子里倒满水。

朱迪·歌德猛喝了几口水，然后坐下。她轻声说：“我为自己感到羞耻。”

“我也是。我们所有人都一样。我们都有理由为自己感到羞耻。你的理由是什么呢，朱迪？”

“我为自己给你写了那封信而感到羞耻。还有，不由自主地搬弄是非。”

“那就不要搬弄是非！忘记整件事情。”

“我做不到。”

“你当然做得到了。耸耸肩，把你想告诉我的事情丢进垃圾桶。不要再去想它。把它忘了。咱们来聊聊别的。比如，咱们说说苍蝇。你怎么看苍蝇？”

埃米尔·科隆海姆指向桌子上方嗡嗡作响的苍蝇。

“我讨厌它们。”

“你要小心这些厌恶的情绪。厌恶可以轻易转化为憎恨。然后导致矛盾冲突的爆发。要不了多久它就会变成你的意识形态。到头来你这一生都会在追捕苍蝇中度过。”

苍蝇落在朱迪的杯口上，她无法将注意力从苍蝇身上移开。“我有一个朋友……”她说。

朱迪停顿了一下。她渴望得到一个疑问，哪怕一个手势，可是科隆海姆看起来只对苍蝇感兴趣，疯狂到处乱飞的苍蝇。

她怎么都要起个头。“是关于我的朋友莉莉。她今年十八岁。缺少经验又十分天真。”

拉比闭上眼睛。他到底有没有在听？

“她被一个远在哥特兰岛的男人彻头彻尾地迷惑住了。哦，对，他现在转院到了阿维斯塔。我不能坐视不管。看到莉莉为这个男人如此着迷动情，我实在无法忍受。我根本做不到平心静气，我更不能袖手旁观。”

一开始还很健谈的拉比，此刻变得异常安静，他还是闭着眼睛，一动不动地坐着。难道他睡着了？

朱迪开始哭泣。“她是我最好的朋友。我越来越爱她。她刚到这儿的时候瘦得只剩皮包骨头。她那时很郁闷，总是一个人形单影只的。后来她就开始给那个废物男人写信。他是个流氓。他对她许下一切看似美好的承诺。现在他竟然想来医院探望她。对不起，我有些语无伦次。不管怎样，我只知道莉莉太稚嫩了。”

朱迪觉得自己的表达完全没了头绪。她应该从头讲。告诉拉比她非常焦虑，还有她的恐惧为什么会如此真实。可是拉比并没有帮她走出困境，相反，他让她感到困惑。他闭着眼睛坐在那里，背挺得笔直。他没有在专心听。

一分钟过去了。科隆海姆用手指捋捋杂乱的头发。这么说他没有睡着。

朱迪啜泣着。“我经历了太多可怕的事情。我放弃了太多次。但我还活着。我还在这里。可莉莉实在太年轻了。”

埃米尔·科隆海姆将手伸进兜里。“我总会随身带一块干净的手帕，以备不时之需。拿着吧。”

～

这段时间，米克洛斯开始合计如何才能唬过命运。他没有对自己的外貌产生错觉。就算现在体重已经涨到五十五公斤，而且那个难看的疣也开始逐渐消失，但是在衡量自己外貌方面，他还是很有自知之明。

林霍尔姆医生对他的请求感到诧异，但这次的请求和去埃克舍无关，鉴于这件事能让米克洛斯开心，林霍尔姆医生便爽快地答应了他的请求。他走向壁橱，从里面拿出一架小照相机，又在抽屉里找出一卷胶卷，然后将它们交给了正站在屋子中间眉开眼笑的米克洛斯。

营房与营房之间隔着一大块空地，空地上种有直耸天际的百年松树，米克洛斯、哈里和迪勃·赫希一行三人朝空地走去。米克洛斯将相机神圣地交给迪勃。五十多岁的迪勃是所有病人中最年长的一位。他的头发貌似很不情愿长出来，头皮上隐约可见不规则的紫色斑块。

“你以前是摄影师，”米克洛斯看着他说，“我相信你。我的命运就掌握在你手里了。”

赫希拿着相机研究了许久。“我了解这个型号。一定完美，我保证。”

米克洛斯打断他：“不，不应该是完美的。”

“什么？”

“照片要模糊不清。这是我想要的。”

赫希一脸疑惑。

“这也是为什么我找你过来帮我拍照。因为你知道怎样操作。”

“只是一定程度上算是。我既是电子无线电技工又是摄影师助理。或者说以前是。你想让我怎么做?”

米克洛斯指指哈里。“我们都要在照片里。哈里和我。你把焦点对准哈里。把我放到背景里照模糊些。能办得到吗?”

“简直是胡来!”赫希抗议,“为什么非要把自己照模糊啊?”

“你不用管。你能做到吗?”

迪勃·赫希,这位电子无线电技工加摄影师助理,犹豫了。米克洛斯毕竟是他的朋友,看到米克洛斯乞求的神情,赫希只好暂时将自己的职业骄傲放到一旁。

仅仅用了五分钟,他就研究好了如何拍出一张让我父亲显得模糊不清的照片。他让哈里站在最前面。半身位置,最好的角度。雾蒙蒙的太阳在刹那间露出一道光芒。为营造出一种艺术感,赫希将他们置于背光处。他让米克洛斯站在哈里身后来回跑上几米。就在米克洛斯奔跑的时候,赫希迅速连按几次快门。

亲爱的莉莉:

你可真是个小巫女啊!你在电话里对我施了迷魂大法。不管你和我想象中的样子是否一致,我现在都更加想要见到你了。你若长得和我想象中的样子不一致也麻烦,要是一致就更麻烦啦。我找到一张我和哈里的合影。哈里是站在最前面的人。而我是那个像被独眼怪兽一样的东西压扁了的人，当时我正急着跑向营房中最小的屋子——不管怎样，我还是决定把它寄给你。

～

埃克舍医院三楼楼梯处有一个凹室，前面摆了一盆枝叶繁茂的人造热带棕榈树。三个女孩坐在树下。

莉莉把照片放在放大镜下仔细端详。她把照片递给莎拉和朱迪。她们的视力都没有问题。照片中那个从哈里身后跑开、糊得几乎无法辨识的身影就是米克洛斯吗？

这时一个影子挡住了她们的光线。“啊哈，原来你们跟我要放大镜就是为了这个。”

三个女孩一同跳起来。斯文森医生指着照片。“男人？匈牙利人？”

莉莉尴尬地拿着照片。“是我表哥。”

斯文森医生仔细看了一眼照片。“很英俊嘛。神色泰然。”

莉莉犹豫了一下，然后指着背景中模糊的身影。“那个是他，看上去正跑开的人。”

斯文森医生将照片举到眼前，试图看清那个即将跳出画框的身影，然而无果。“我还以为他是误入照片的呢。好神秘啊。”

米克洛斯的小诡计成功了。正因为照片中神秘的样子，未来相见的承诺才没有被断送掉。斯文森医生失望地将照片还给她们，女孩们被逗得哈哈大笑，她们将放大镜还给医生。

~

现在我得厚着脸皮，一方面请求你，另一方面请求你的朋友莎拉。请代我向莎拉问好。是这样的，我朋友哈里和我得到了一些泥灰色的羊毛线，如果交给心灵手巧的女孩，这些毛线一定能变成毛衣。所以我想请你为我织一件——当然，越快越好。

第二日黎明时分，莉莉从床上坐起来，她从枕头底下拿出一块方巾。她将方巾小心翼翼地叠好，滑进放在床头柜上的信封里。

请收下这件带着我爱意的小礼物。很遗憾它不像我期望中那样平整，我没有熨斗，所以只能把它放在枕头底下压平。你们是怎么搞到的毛线？顺便说一句，这里的天气越来越冷，医院还没有发冬季外套，每次出去散步的时候，我都要套上两件羊毛衫。

～

朱迪·歌德从鸭绒被里钻出来，露出脑袋，她忍不住朝莉莉那边望去，看到莉莉一脸平静与幸福的神情，她一点也不开心。

～

每天午休后医院都会给病人发信。通常都是由哈里去传达室取信，拿到信后他会挨个喊收信人的姓名："米西、阿多夫、利茨曼、杰诺·格里格、雅克布维茨、约西、施皮茨、米克洛斯……"

我父亲总会收到许多信件，实际上有些过多，然而只有一个人的来信才能使他兴奋不已。如果看到是莉莉的来信，还未等回到床上，他就会在半路迫不及待地撕开信封。这时一块方巾掉到地上。他捡起来闻了又闻。

> 正因为你将它垫在枕头下面，才使得这块方巾更加有意义……请告诉我，为什么你的来信总能带给我越来越多的喜悦？
>
> 抱歉我用铅笔写信，因为我想立即回信，但是我的墨水被别人拿走了。

回赠你一个热情的握手。

米克洛斯

~

埃克舍医院的礼堂在一楼，里面摆放了一个黄边讲台，红色天鹅绒幕帘垂下以后正好可以作舞台使用。莎拉提出举办音乐晚会的时候，女孩们原本希望住在三楼的女病人都能去看她们的演出。然而事与愿违，最后坐在两百把椅子上观看演出的观众几乎全部是男士兵。就算是零星几位女观众也都是梳着辫子的瑞典护士，她们穿着浆洗过的大衣，头戴无边护士帽，挤在人群之中，像是夹在面包里的葡萄干。

她们表演了四个节目。莎拉唱歌，莉莉为她伴奏小风琴。她们表演完三首匈牙利歌曲后，莎拉开始唱起瑞典国歌。她才唱到一半，那些穿着睡衣、胡子拉碴的士兵们就将身后两百把椅子踢到一边，从座位上一跃而起，激动地与她合唱，没有一个人在调上。

这些瑞典人开始弄得我有些烦了。他们总是让我们唱他们的颂歌。我的思乡之情无以言表！

第六章

克莱拉·科维斯搭乘正午的火车突然造访。她兜里的钱刚好够买一张从乌普萨拉到阿维斯塔的火车票，她住的营地就在乌普萨拉附近。克莱拉一点也不担心——她坚信米克洛斯会帮她解决一切问题。

抵达车站后，她顺利搭上一辆邮政车，这趟顺风车意味着此次旅程的最后几公里也派头十足。她抵达医院时正值中午。

克莱拉是个身材魁梧的女孩——朋友们都叫她“熊女”。她总是一副步履蹒跚的样子。握手时像男人一样强壮有力。她身上的丝绒衣遮住了大部分身体，在某种光线下看，像是长在身上的毛。她有一对性感丰润的嘴唇，鹰钩鼻子，一头乱糟糟的深棕色蓬发。

她的造访犹如一阵突如其来的旋风让人始料不及。“我来了，米克洛斯！”她嚷道，“我来找你了！”

男人们被这一声大吼吓呆了。米克洛斯无法将眼前这个健硕的女人和信中那个风趣、机智的形象联系在一起，在过去两个月里，他们一直有书信往来。这里面肯定有什么误会。

原来，自从父亲寄出那一百一十七封信后，除了莉莉以外，他还和另外九个女孩一直保持着通信联络，而克莱拉·科维斯就是其中一位。他无法控制自己。父亲十分享受写信的过程；通过与她们交流，父亲了解到了不同的事物，他只是单纯对这些女孩的生活感到好奇。当然了，他给这九位女性写信可不像给莉莉写信那样倾注所有情感。拿他和克莱拉举例来说，他们的书信内容仅限于分享各自对世界问题的看法。克莱拉曾在“二战”期间派发社会主义宣传手册——她当时就是这么被抓起来的。

她径直走向父亲，亲热地搂住他，对着嘴唇亲了一口。“我可是期盼了好几个星期才等到这一刻。”

其他人一动不动地呆看着。多么戏剧性的一幕！一个真实的、活生生的女人，足足九十公斤的她，抛开一切规定、约束和禁令，就这么突然出现在所有人面前。他们的梦想突然幻化成如此生动的三维画面。

米克洛斯被克莱拉紧紧抱住，不由得打了个寒战。

“将我们的命运紧紧系在一起！夫复何求？”

克莱拉终于松手了。她从手提包里掏出几个封信，将它们扔到空中。这时，其他男人纷纷爬下床将她围住，克莱拉转头对他们说："你们可知道这群人当中隐藏着什么大人物吗？他可是新时代的马克思！新时代的恩格斯！"

信件像婚礼彩屑一样散落到地面。男人们看得如痴如醉。

米克洛斯恨不得自己当场暴毙。

克莱拉挽着他走出营房。父亲立即冲哈里使了个眼色，示意他跟过来。他们三人沿着小路朝森林方向走去。克莱拉仿佛早已将米克洛斯视为己有，那感觉像是抱着心爱的洋娃娃，舍不得撒手。哈里跟在他们身后，默默期待上场的机会。这时开始下起毛毛细雨。

"嗯，克莱拉，"米克洛斯说，语气平静却威严决然，"你应该知道，我同时也给其他女孩写信。事实上，是很多女孩。"

克莱拉大笑。"你是想让我吃醋吗，甜心？"

"天哪，不是的。我只是想和你说清楚而已。写信是我们唯一的消遣。不仅仅对我来说是这样，对整个营房的人来说都如是。但有些事情，我想你可能误会了。"

"误会？我才不信呢！我已经爱上你了，亲爱的！你是那么聪明！我崇拜你。你会成为我的老师，我的情人！你情感上遇到了障碍，我就是你的救世主。"

"我写了很多很多信。我希望你知道。"

"所有天才的情感都是复杂的。'二战'以前，我交过两个天才男友，所以我了解。你不介意我向你坦白情史吧，对吗？

我不是处女。绝对不是！我什么都是，但就是不是处女。我会对你忠诚的，我感觉得到。还有你所有的思想与见解我都已熟记于心！你要考考我吗？”

她揽过米克洛斯的腰，不停地在他脸上亲吻。米克洛斯的眼镜蒙上了一层雾气。即使透过雾气，他也能看到克莱拉极度失望的表情以及害怕被拒绝的恐惧。

这一意外发现为米克洛斯稍稍带来一些慰藉。“我能插句话吗，可以吗，克莱拉。”他镇定地说。

“我只是想说，”克莱拉抢着说，“如果你有需要，我可以照顾你。我已经完全康复了。我会去工作！我可以搬到离你近的地方住下来。好了，你刚才想告诉我什么？”

米克洛斯从克莱拉怀里挣脱开，转而面向她。“好吧。只能和你坦白了。我之所以写那么多信，是因为我的字漂亮。其他人注意到了这点。这么说吧，营房里其他人利用我写字漂亮的优点为他们代写信件。不好意思，其实信的内容全部是哈里想出来的，不是我。因为我的字比哈里的好看，所以都是他叙述，我负责书写。这就是可悲的事实。你感受到的其实都是哈里的头脑，我只是传声筒罢了。”

克莱拉吃惊地瞪大眼睛。她绕着哈里转了几圈。雨越下越大。“所以你才是我的天才。是吗，甜心？”

哈里顿时明白了米克洛斯的用意。他祈祷自己之前在私底下所做的准备工作足够充分，他希望抓住眼前这个机会好好证明一下自己的男子气概。“他……只是代写来着，”哈里临场发挥，指向米克洛斯，“那些想法……”哈里轻弹了一下脑门。

克莱拉在两个男人之间来回忖度。米克洛斯个子矮小，戴眼镜，镶金属牙。哈里个头高大，留着干净的胡子，还有她定是察觉到了他眼神中实实在在的欲望。她决定相信米克洛斯的话。她挽起哈里的胳膊。

“我要好好认识一下你，甜心。我才不在乎什么外表呢。不管男人长得好看还是难看，我都不在乎，我才不在乎他的嘴长什么样，眼睛是什么颜色呢。我喜欢的是思想，不知道你能不能明白。只要这个人有创意，有先进思想，我都会为之兴奋不已——再多也听不够。”

哈里将面前的女孩一把抓过来，一只手放在她丰腴的臀部上，另一只手捧起她的下巴。“我不会让你失望的。”他大胆地说，朝她唇上吻去。

米克洛斯觉得这会儿他该离场了。他走到小路尽头时扭头看了一眼，他们将双臂锁在一起，拥着彼此走向森林深处，雨越下越大，两个人的身影渐渐消失在雨幕中。

～

克莱拉的出现在米克洛斯的生活里掀起了一丝小波澜，米克洛斯带着忏悔的心情度过了三天。在这期间，他没有给莉莉写一个字。到了第四天，他找传达室负责人要来钥匙，在唯一一间私人浴室里泡了个热水澡。浴室在另外一个建筑里，由于从浴室到营房还有一段距离，米克洛斯并没有想着锁门。他将身体浸入浴缸后，随手点燃一根香烟，高唱起工人进行曲。唱歌并不是他的强项。

房门突然被撞开。是身材娇小的护士长玛尔塔，她用手扇扇烟雾，试图让雾气飘散。米克洛斯被吓了一跳，慌忙用左手挡住自己的阴茎。

玛尔塔勃然大怒。“你知道自己在做什么吗，米克洛斯？私藏香烟？你应该为此感到羞耻！你多大了？怎么还跟小孩子一样淘气！”

父亲把烟扔进水里。他挥动右臂试图将烟气扇走，不扇还好，一扇反而将烟雾搅在了一起。一想到自己此刻一丝不挂，米克洛斯感到无比羞愧，试图用双手遮住身体。

玛尔塔戴着超大护士帽，径直走到浴缸边。“对你来说，米克洛斯，每根烟都意味着死亡，”她大吼，“你每吸一根烟就少活一天。值得吗？回答我，你这个蠢货！值得吗？”

我亲爱的小朋友，莉莉：

忏悔的时刻到了。不是那件我不敢写下来的事情——而是另外一件事。我必须告诉你，我的乐感实在是糟透了，我的歌声简直不堪入耳。但是和所有和平主义者一样，我泡澡的时候也会扯着嗓子唱进行曲一类的歌曲。

他们看管我们的方式太可怕了。我们必须遵守严格的日常作息：休息时间需要安静，娱乐时间需要安静，游戏时间也需要安静。这里的一切都由专横跋扈的护士长玛尔塔看管，她长得跟米老鼠似的。玛尔塔是林霍尔姆医生的匈牙利妻子。她总是围在我们身边阴魂不散。

米老鼠护士长在花园里踱步。走到传达室需要五分钟，玛尔塔每踱一步，愤怒之情都愈发强烈。

她开门的时候差点将门铰链扯下来。

就在四天前，哈里重新拾回了遗失已久的雄性英姿，虽然在过程中磨耗了克莱拉·科维斯一些耐心。克莱拉离开时带着些许失望，不过他们还是达成共识会继续给对方写信。相反，哈里可是食欲大开。这回他看上了传达室的大块头姑娘弗丽达，弗丽达是白天当差的看管人，那些对她有意思的男人为她取了个昵称——“象宝宝”。为满足自己一时兴起的龌龊欲望，哈里冥思苦想了好一阵子。令人费解的是，哈里曾经只迷恋那些细腰白脸的姑娘，而现在，那样的日子貌似一去不复返了。

玛尔塔像复仇天使一样突然出现在传达室里，弗丽达和哈里正亲热地搂在一起（哈里穿着睡衣）。玛尔塔顾不上将他们分开。两个女人开始讲瑞典语。谢天谢地，幸亏自己什么也听不懂，哈里心想。

“你是不是把香烟卖给米克洛斯了，弗丽达？”

弗丽达丰满的胳膊紧紧钩住哈里，她一刻也没有放松。“就卖了两三根。”

“这是你最后一次机会！如果再让我逮着，我一定告发你！”玛尔塔大吼，接着转身，砰的一声将门关上了。

当然，弗丽达发放香烟之举并不仅仅是出于慷慨。她卖烟的时候会把利润留出来，算是给可怜的工资增加一点额外收入。

说实话，我喜欢抽烟的男人。但你是例外。一定要有节制。顺便说一句，我不抽烟。

～

莉莉如梦游般没精打采地走进病房。她一声不吭地在床上坐下，露出绝望的神情。朱迪正在读《德伯家的苔丝》，这是她第三遍读这本书了。她将书合上，坐起来。

莎拉正在为自己沏茶。她急忙跑到莉莉身边。“发生什么事了吗？”

莉莉垂着肩膀坐在那里，一言不发。

莎拉用手摸摸莉莉的额头。“体温又升高了。体温计在哪儿呢？”

体温计被她们放在了窗台边，朱迪赶忙下床去拿。莉莉任由她们抬起自己的胳膊，将体温计紧紧夹在腋下。两个女孩坐在莉莉对面，焦急地等待。

风不停地敲打在玻璃窗上。在吱吱作响的敲击声的映衬下，莉莉的柔声细语听上去像是一把孤独的小提琴。“有人举报了我。”

朱迪后背一紧，坐直身体。“什么？”

“我刚从红十字会负责人那里回来。她说我一直在撒谎……”莉莉直勾勾地盯着自己的拖鞋。

气氛一片沉寂。莎拉记得她的名字。“安玛丽·阿维德森？”她问。

“她知道了米克洛斯不是我表哥，而只是一个陌生的笔友……”

朱迪开始在屋子里踱步。“她从哪儿听说的？”

“她拒绝了申请。他来不了了。来不了了！”

莎拉跪在莉莉面前，亲吻她的双手。“咱们再想办法。别放弃。你体温又升高了。”

莉莉无力抬头。“她给我看了一封信。是这间病房里的人写的。”

“到底是谁啊？”朱迪大喊。

“她没说。她只说我撒谎了。米克洛斯不像我所说的那样，他不是我表哥。所以她拒绝了米克洛斯的探访申请。”

“那咱们再重新申请，”莎拉说，“咱们不停地给他们写信，要求他们接收探访者，直到他们看烦为止。”

“亲爱的莉莉啊！”朱迪瘫倒在莉莉脚下。

莉莉终于抬起头与朋友们对视。“谁会这么恨我啊？”

莎拉站起来，从莉莉腋下拿出体温计。“三十九度二。赶紧上床。我们得告诉斯文森。”

两个女孩让莉莉躺下，为她盖上羽绒被。她身体似乎僵住了。她们像对待婴儿一样小心翼翼地照顾她。

“他喜欢你。”为了分散注意力，朱迪故意岔开话题。

莎拉一开始没听懂。“谁喜欢莉莉？”

“斯文森。你没瞧见他看莉莉的眼神。”

“别胡扯了！”莎拉嘲笑道。

朱迪不作罢。“这种事我从来不会看错。”

～

铁路上方有一座大桥，米克洛斯站在桥梁上，呆呆地望向远方蜿蜒交错的铁轨。天空是深灰色的。

马路上突然出现一个人影。那个人影正在奔跑。当他跑到桥下时，一步并作两步，一口气迈过两个台阶朝桥上飞奔。虽然动静不小，可是直到他气喘吁吁地出现在米克洛斯身旁，米克洛斯才真正注意到原来那个身影就是哈里。

“你要跳下去？”

米克洛斯笑笑。“为什么这么想？”

“你的眼神，还有你刚才收到信后匆忙跑开的样子。”

一辆火车恰好从他们身下驶过。火车冒出一股股黑色浓烟，如悲痛一般将他们笼罩。米克洛斯抓住桥栏杆。

“不会的。我不会跳下去。”

哈里站在米克洛斯身旁，双肘支撑在栏杆上。他们注视着远去的火车。火车渐行渐远，慢慢缩成一条模糊的线，米克洛斯从兜里拿出一封褶皱的信递给哈里。

“我收到了这个。”

亲爱的先生：

就您在《自由人民报》上发布公告一事，现作如下回复：我很遗憾地告知您，您的父亲与母亲不幸成为一九四五年二月十二日奥地利拉克森堡集中营爆炸突袭案的受害者……我和他们是熟识。当初是我领他们进入的集中营，我将他们安顿在“咖啡工厂”，那本是集中营里最好的地方，在那里他们的人权得到了尊重，并且可以吃到不错的食物，住宿条件也不错。十分抱歉带给您这个噩耗。

安德罗沙

米克洛斯和他父亲的关系混乱而又矛盾。德布勒森著名书店“甘布赖纳斯”的店主其实是个嚣张跋扈的人物，时而大呼小叫，时而暴力相向。这位店主甚至连妻子也不放过——就算不喝酒的时候也会对她拳打脚踢。然而更不幸的是，他是个酒鬼。尽管如此，祖母还是常常去书店为祖父送三明治、苹果或梨。

父亲总能忆起小时候的事，一个美好的春日午后，他爬上书店的梯子，坐到最高处，聚精会神地阅读阿·托尔斯泰的《彼得大帝》。他沉浸在沙皇宫廷钩心斗角的阴谋情节中无法自拔，他读得面红耳赤，经常专注得完全忘记时间。

晚上，他母亲会带着宽边褐色帽出现在书店里。“阿米①，已经七点了。你忘记回家吃晚饭了。在读什么呢？”

他抬起头。面前这个戴着宽边褐色帽的女人看起来十分眼熟，他一时间竟没反应过来是谁。

哈里将信叠好还给米克洛斯，沉默不语。他们靠在栏杆上注视着铁轨。几只鸟在空中盘旋。

亲爱的米克洛斯：

听到《自由人民报》的噩耗，我十分难过。我不知道该说些什么才能让你好受些。

---

① 阿米（Miki）是米克洛斯（Miklós）的小名，爱称。

那日下午，米克洛斯骑自行车前往阿维斯塔墓地。其间下起雨来。他沿着一个个墓碑漫无目的地徘徊，时而弯下腰看看碑文，试图读出上面的瑞典名字。

对不起，我的态度如此冷淡。这件事对我来说太难以接受了。我昨天去了当地墓地。希望能为九泉之下的挚爱亲人带去一些昔日的美好回忆……仅此而已。

～

莉莉从床上坐起来。此时已是深夜，门上方的灯泡发出微弱的光芒。她的额头全部被汗水浸透。莎拉躺在莉莉旁边的床上，像婴儿一样蜷缩着身体，没有盖被子。莉莉溜下床，在她床边跪下。

“你睡着了吗？”

莎拉转过身，像是一直在等待莉莉。“我也睡不着！”她小声说。

莉莉立刻躺到她身旁，拉住莎拉的手。窗外白桦树在风中不停摇曳，她们出神地望着天花板上奇形怪状的树影。

“他跟我说了个消息，”莉莉说，“关于他父母的。他们被炸死了。”

莎拉目光闪了一下，看到莉莉床头柜上的信。“上苍啊！”

“我算了一下。我已经有三百七十三天没听到父母的消息了。”

她们睁大双眼，直勾勾地盯着头顶那些抽象的树影。

第七章

午餐过后没多久，邮政车抵达阿维斯塔。一个身着毛领外套的男人从车上跳下来，他绕到车后撑起后备箱门，开始整理寄到这里的信件。他通常会在后面耗上个把分钟。男人走到黄色信箱前——信箱看上去更像是一件大行李箱——他用钥匙打开信箱底门，从里面掏出所有要寄出的信件，将它们装入一个空帆布袋里准备带走，之后再把所有寄到这里的信件一股脑地倒入信箱里。

父亲每日的例行公事就是站在这里从头到尾监督这一枯燥无味的送信程序。基于某种荒谬且毫无根据的阴谋论，他必须亲自确认自己的信件不会从帆布袋里掉出来。

亲爱的莉莉：

我敢肯定不是今天就是明天，你一定会收到好消息。那封信已经在你父亲口袋里了，将信寄抵瑞典不是一件易事，他正伺机挑战这件看似不可能完成的任务呢。

～

埃克舍医院有一个隐蔽的吸烟基地，在那里吸烟不用担心被逮到。这个秘密基地就是二楼浴室，每天清晨有人洗澡，之后会一直空着，直到晚上。

朱迪·歌德每天至少要抽掉半包烟，她所有的零花钱都用在了买烟这件事上。莎拉也抽烟，每天三根。她们抽烟的时候莉莉总会伴随左右。

莎拉忧郁地深吸一口烟。“咱们今天下午可以进城。我求来的机会。”没过一会儿，她向大家宣布。

朱迪弓着腿坐在淋浴间边。“进城干吗？”

“我们可以帮莉莉搞张照片寄给米克洛斯。”

莉莉一惊。“天啊，千万不要！他看完会被吓跑的。”

朱迪能吐出漂亮的烟圈。“这主意不错。拍一张咱们三个人的合影，为日后留下一些回忆。”

“日后是什么时候？”莎拉问。

“某一天，等我们在别处时，等我们都幸福时。”

她们不禁陷入遐想。

莉莉随后说："我太丑了。我不想照。"

莎拉朝她手上一拍。"我的朋友，你不是丑，是傻。"

朱迪露出意味深长的笑容，目光追随烟圈缓缓移动，直至烟圈在通风口处消逝。

～

米克洛斯倚在邮局的玻璃柜前。为避免任何误解，他决定用德语交流。

"我想发一封电报。"

同样戴着眼镜的办事员给了米克洛斯一个鼓励的表情。"地址？"她问。

"埃克舍尤特兰宁斯拉格孔斯戈登 7 号。"

她开始填表。"内容？"

"两个单词。两个匈牙利单词。我来帮你拼。"

这句话激怒了办事员。"你就说吧，我会写。"

米克洛斯深吸一口气。他将单词一个音节一个音节清晰地念出来，优美动听的匈牙利语："*Sze-ret-lek*，*Li-li*。"

女孩摇摇头。这语言可真复杂。"你还是拼一下吧，拜托。"

米克洛斯转而逐字拼写。双方缓慢耐心地进行着。写到一半又卡住了。米克洛斯从窗口底下伸过手，他抓住女孩的右手，试图引导铅笔的移动方向。

这件事并不容易。在写到大写L时，女孩扔下笔，把表格推给父亲。“你自己写吧。”

米克洛斯将那些歪七扭八的字划掉重写，笔触一如既往的流畅讲究：我爱你，莉莉！

他将表格推回去。

办事员困窘地看着这些生词。“是什么意思？”

米克洛斯有些犹豫。“你结婚了吗，小姐？”

“我订婚了。”

“啊！恭喜你。嗯，意思是……是……”

他完全知道怎么把它翻译成德语，那是世上最简单、最美妙的告白。即便如此，他还是不愿意轻易暴露自己的情感。

女孩在核对数字。“一共两克朗。你打算告诉我吗？”

米克洛斯突然失去勇气。他脸色煞白。“请还给我！”他冲她大叫，“快还给我！”

她耸耸肩，将表格推回柜台另一边。米克洛斯拿过表格，将它撕得粉碎。他觉得自己是个十足的傻瓜、懦夫。怎么解释好呢？米克洛斯没有解释，他尴尬地冲女孩苦笑，点头示意后迅速逃离了邮局。

～

那天夜里，男人们裹着毛毯，围坐在木桌前。院子里到处弥漫着一股慵懒沉寂的气息，许多人不是坐着闭目养神，就是百无聊赖地盯着红砖墙出神。

米克洛斯靠墙站着，双眼紧闭，宛如酣睡一般。

> 除了一首短诗外，我不打算再寄新诗了，我现在有更远大的计划：我正在为小说设计情节。是一部关于十二个人的小说，男人、女人、儿童、德国人、法国人、匈牙利犹太教徒、文人、农民，他们搭乘不同货运囚车前往同一个德国集中营。从安逸无忧的生活落入被宣判死刑的命运。这是前十二章。后十二章描写他们获得自由后的故事。细节还很模糊，不过我对这个想法很感兴趣。

鲍尔·雅克布维茨显然还未到三十岁，他的手总是抖个不停，医生也不再对他说“总有一天会痊愈”这类的安慰话语。他来回摇晃身体，嘴里嘟囔着：“亲爱的上帝啊，听听我的祷告吧。亲爱的上帝啊，请赐给我一个女孩吧，黑发的，要漂亮的黑发女孩，金发的，要漂亮的金发女孩。”

电子无线电技工加摄影师助理迪勃·赫希实在听不下去了。他坐在桌子另一边朝雅克布维茨大声呵斥起来：“你的祈祷让自己看起来滑稽可笑。”

“我愿意怎么祈祷就怎么祈祷。”

“你不再是小孩了，雅克布维茨。你都三十多岁了。”

雅克布维茨低头向下看。他用右手抓住左手，试图止住颤抖。“关你什么事？”

“三十好几的男人不会对着女人流口水。”

“不然要怎样？”雅克布维茨大吼，“手淫么？”

“别这么粗俗。”

雅克布维茨用指甲掐进胳膊，试图抑制住可恶的颤抖。“三十岁的男人该做什么？”他失声哀号，“我在等你的答案！”

“三十岁的男人懂得克制欲望，乞求平淡生活，耐心等待属于自己的机会。”

雅克布维茨朝桌上一记重锤。“我不要再等了！我等够了。”他冲进营房。

米克洛斯畏缩地站在墙边。双眼始终紧闭。

我最亲爱的莉莉：

如果不是心中有愧，我一定破口大骂。就像哭泣有助于女孩宣泄情绪一样，骂脏话对我也有同样的作用。我们这里已经完全失控。我想为你搞一本奥古斯特·倍倍尔写的《妇女与社会主义》。希望我能办到。

～

莉莉蜷缩着身体躲在羽绒被里呜咽。已经过了午夜时分。

莎拉被莉莉的哭泣声吵醒，她爬下床，掀开莉莉的被子，用手轻抚她的头发。

“为什么哭呢？”

“不为什么。”

“做噩梦了吗？”

莎拉爬上床挨着莉莉躺下。她们一同望向天花板——这个动作已经成为一种习惯。这时，朱迪·歌德也凑了过来。

“还有我的位置吗？”

两个女孩腾出一些空间，朱迪溜上床。

“这个叫倍倍尔的人是谁？”莉莉问。

朱迪露出厌恶的表情。“一个什么作家。”

莎拉坐起来。这个话题她在行。每当这时她都会像女教师一样，边说边摇晃着食指。“不是‘什么作家’！他是特别棒的伟人。”

“显然他写了一本叫《妇女与社会主义》的书。”莉莉擦干眼泪。

朱迪有些反感莎拉一本正经的说教态度以及那令人厌恶的左翼思想。她不禁用讽刺的语气说：“光听书名就迫不及待想去读了呢。看谁敢拦着我！”

“这是倍倍尔写得最好的一本书。我从里面学到了很多知识。”莎拉坚持己见。

朱迪在被窝里悄悄攥住莉莉的手臂。她绝不允许自己在文学辩论这件事上被打败，转而另辟蹊径开启新一轮炮轰。“我敢打赌你的诗人一直在为你灌输左翼思想。”

“他想尽快把这本书给我。”

“好好用心记。让他对你刮目相看。”

莎拉坐在那里，仍竖着食指。“倍倍尔在《妇女与社会主义》中称：在一个公正的社会里，女性和男性应该拥有平等的权利。无论是爱情、战争，还是一切的一切。”

“倍倍尔是个白痴。他连妻子都没有，”朱迪露出刻薄的笑容，“难怪他有梅毒。”

朱迪的话激怒了莎拉。她脑中蹦出各种辩词预备反唇相讥，可一时间竟不知道用哪个好。她重新躺下。

我十分期待收到这本书。莎拉看过这本书，她愿意再读一遍。

～

阿维斯塔医院发给病人两套棋盘游戏和一副国际象棋。棋盘游戏的使用说明是瑞典语，游戏本身看起来相当原始，病人们只玩了一次就扔到一边了。

国际象棋则是另一番景象，所有人都争着想要玩上一把。利茨曼和雅克布维茨是营房里棋下得最好的两个人。显然，利茨曼在家乡得过国际象棋比赛冠军。他和雅克布维茨一较高下的同时总会赌上点钱，所以两人总能争得棋盘优先权。利茨曼会对观赛者进行实况解说。他拿起象在空中画圈，嘴里唱着："我赢……赢……赢啦！锵锵锵……将！"

雅可布茨深思熟虑了好一会儿。

气氛变得异常紧张，就在这时，赫希发出一声惊叫，这突如其来的叫声犹如喝彩的钟声一般打破了沉默。"她还活着！"赫希坐在床上，手里挥舞着信，"她还活着！我妻子还活着！"

众人将目光聚集到他身上。

他神采奕奕地站起来，环顾四周。"你们听见了吗？她还活着！"他将信高举过头顶，兴奋地挥舞着，在病床间来回雀跃，"她还活着！活着！活着！"

哈里第一个加入他。哈里踩着节奏将手搭在他肩膀上以示支持，他们开始在病床间绕圈行进，和着鼓点似的节奏大声高唱："她还活着！活着！活着！"

随后，弗里德、格里格、欧布拉特、施皮茨也加入了进来。他们从不抗拒上天赐给他们的任何一丝 *joie de vivre*（生活乐趣）。十六个幸存者全部排成一条线，米克洛斯也加入到队伍中。赫希高举着信件旗帜走在最前面，雅克布维茨和利茨曼押尾。

他们在房间里穿梭行进，每次都能找到新的路线，整个队伍像一条首尾相接的贪吃蛇。他们相互搭肩前行，没过多久，他们发现屋里的任何东西都可以踩上一踩：床、桌子、椅子——最重要的是不打乱节奏。

“活着！活着！活着！活着！活着！*活着！活着！活着！*”

今天我的朋友迪勃·赫希收到一封从罗马尼亚寄来的信，信上说他的妻子还活着，现在就在家里。虽然有三个人十分肯定地告诉我，他们亲眼看见他的妻子在贝尔森被射杀了。

这件令人欢欣雀跃的事情鼓舞了米克洛斯，他打算做最后一次尝试，希望能够获得去探望莉莉的许可。

他知道林霍尔姆医生每个星期三晚上都会在主楼办公室工作。他将借来的外套套在睡衣外面，他穿过小院，敲响林霍尔姆医生办公室的门。

林霍尔姆医生示意他先坐下，待写完整句话后，他抬头望向米克洛斯。屋内只开了一盏台灯，光晕正好照亮医生低头四目所及之处。这让米克洛斯有些退缩。

“医生，我想和你聊聊关于灵魂的话题。”

灯光照亮林霍尔姆的下巴和鼻子。“嗯，是个奇特的东西。”

父亲将外套脱掉扔到地上。身上的睡衣破旧不堪，他像中世纪圣人一样坐在那里。“有时灵魂比身体重要。”他说。

林霍尔姆医生扣住双手。“下周有位心理学家要过来。”

“不是的，我想和你讨论。你读过《魔山》吗？”

林霍尔姆医生身体后倾，脸消失在黑暗中。他瞬间变成了无头人。“嗯，读过。”

“我和汉斯·卡斯托普有些相似。我是多么羡慕那些身体健康的人啊，这种扭曲的讽刺感让我感到难过……”

“可以理解。”

“答应我的请求吧。求你了。”

“现在讨论的话题和那件事有什么关系？”

“如果我能去探望表妹，哪怕只是几天。如果我能假装自己可以被治愈。”

林霍尔姆医生打断他。“你现在太过执迷于这个念头了，米克洛斯，放弃吧，看在上帝的分上，别再提这事了！”

“放弃什么？”

“放弃这趟疯狂的旅行！别再表现得如此固执。理智一些！”林霍尔姆医生几乎对他嚷起来。他站起身，走出光亮部分。

米克洛斯也从座位上跳起来。他同样提高音量：“我已经够理智了。我就是想去！”

“但你会死的。你马上就要死了！”

林霍尔姆医生可怕的诊断仿佛一只猎食鸟一般在他们之间不停地盘旋。米克洛斯此时只看得见林霍尔姆医生那两条映衬在灯光下的西服裤腿，他认定无论“陪审团”做出何种裁决，林霍尔姆医生都会视而不见。

接下来是一片沉寂，只能听见两人急促的喘息声。

林霍尔姆医生转过身，感到有些羞愧，朝柜橱方向走去。他打开柜门。关上。再打开。再关上。

米克洛斯一动不动地站着，脸色煞白。

“对不起。对不起。对不起。”林霍尔姆用瑞典语柔声说。

他再次打开柜门，从里面拿出一份文档，走到灯箱前，打开开关。整个房间充斥着阴冷、萧瑟的光线。医生从文档中抽出几张X光片，放到挂在墙上的玻璃灯箱前。一共六张。他没有转身。也没有与父亲对视。

“对了，你‘表妹’在哪儿接受治疗？”

“在埃克舍。”

“把睡衣脱了。我听听胸腔。”

米克洛斯迅速脱掉睡衣。

林霍尔姆医生拿出听诊器。“深吸几口气。吸气，呼气，吸气，呼气。”

他们故意躲开彼此的目光。米克洛斯吸气。林霍尔姆医生听诊。他听了好一会儿，仿佛在聆听远方圣乐一样。

“三天，”林霍尔姆医生说，“让你去告别。”

米克洛斯穿好睡衣。“谢谢你，医生。”

莉莉：

接下来你需要快速机敏地行动，因为我们要骗过红十字会那些人。我需要你的医生用瑞典语写一封信，信里要说明我的到访目的是去就医。我已经说服我的医生了！

林霍尔姆医生不自在地摆弄听诊器。在陌生又熟悉的光晕下，他鼓足勇气，从后衣袋里掏出钱包。“和她做个了结吧。这是我作为医生的建议，不过我的意见又怎会重要呢？至于灵魂……有时你必须把它埋藏起来。”

他从墙上取下X光片，夹回到文档里。然后关掉灯箱。这时，他从钱包里拿出一张褶皱的小照片递给米克洛斯。照片中一个金发小女孩抱着皮球小心翼翼地凝视着镜头。

“这是谁？”米克洛斯问。

“我女儿。现在不在了。她在一场事故中死了。”

米克洛斯几乎一动不动。林霍尔姆医生将重心从一条腿转移到另一条腿上。木地板发出咯吱咯吱的响声。他的嗓音变得有些沙哑：“生活有时会惩罚我们。”

米克洛斯用手指轻抚照片中女孩的脸。

“她叫尤塔。是我和第一个妻子生的孩子。玛尔塔和你说过故事的后半段。尤塔是前半段。”

～

这次莉莉和其他女孩制定了一份更长的节目单。莎拉演唱八首歌，莉莉用钢琴帮她伴奏。她们选了两首匈牙利歌曲，一首舒曼钢琴曲，两首舒伯特钢琴曲，还有几首广为流传的小歌剧主题曲。

士兵们穿着睡衣大声喝彩，护士们热情鼓掌。舞台上，莉莉和莎拉每唱完一首歌，都会站起来为观众鞠躬致谢，仪态端庄得体。斯文森医生也坐在观众席里，不过他是冲着莉莉来的。他抱着一个小女孩坐在前排中间位置，每唱完一首歌，斯文森医生都会顿足喝彩。

演出结束，莉莉紧张地站在钢琴边，斯文森跑到台上向她表示祝贺。莉莉热切地看着小女孩，整场演出小女孩都很乖，既没有躁动不安，也没有昏昏欲睡。事实上，她十分享受这场音乐会。

“我可以抱抱她吗？”

莉莉从斯文森手里接过小女孩，莉莉抱住她的时候，小女孩咯咯笑了几声。

与此同时，莎拉被一群士兵团团包围。士兵们未费吹灰之力，轻轻松松地说服莎拉再为他们清唱几首安可曲。她随后演唱了《空中翱翔的仙鹤》。一些士兵感动地落泪，虽然一个词也没有听懂。

莉莉也被这种情绪感染——一股悲伤之情萦绕心头。

～

几天前的一个夜晚，我独自跑到小镇里闲逛，街道上堆满了积雪。

暮色慢慢降临。米克洛斯骑到山顶时已经耗尽了所有力气，他实在无力再蹬脚踏板。于是下车向前推了大约二十米，随后便停了下来。

眼前这座房子里没有挂窗帘。米克洛斯站在栅栏边，从这个角度他可以清楚地观察到屋内的情况。那画面好似一幅十九世纪写实派油画。男人读书，女人坐在缝纫机前织补，孩子躺在中间的木摇篮里。米克洛斯甚至能清楚地看见小孩正笑嘻嘻地玩着玩偶。

> 我可以清楚地看到一户工人家庭的屋内。我感到十分疲惫。这二十五年间发生了太多糟糕的事情。我寻遍记忆，甚至找寻不到一丝美好家庭生活的踪影：因为我从未拥有过。大概也正因如此，我才如此渴望拥有一个幸福美满的家庭。看到这样甜美的景象，我实在无力招架，只能匆忙逃离现场。

第八章

莉莉一直抱着斯文森医生的小女儿。士兵们被莎拉的歌声感动不已，围在她身旁久久不肯离去。

空中翱翔的仙鹤
飞往家的方向
吉卜赛男孩走在路上
手里拄着拐杖

斯文森医生轻轻碰触莉莉的手臂。“我收到一封从阿维斯塔康复中心寄来的信。是我一个同僚写的，他在那里做主治医生。娶了个匈牙利妻子。”

莉莉的脸刷的一下红了，结结巴巴地说了些什么。“嗯。”

“这封信和你表哥有关。”

“哦，对。”

“我不确定该怎么告诉你。信的内容有些令人担忧。”

莉莉突然觉得小女孩有些重。她放下女孩。“我们一直在计划让他到这里探望我。”

医生接过女儿。“信里说的就是这件事。我同意让他过来探访。我肯定会批准。”

莉莉尖叫起来，她抓起斯文森的手亲了又亲。医生费了好大劲才将手抽回。

莎拉在众人的簇拥下引吭高歌：“如果还能重逢，我要与你相偎相依，在那紫色沙发上。”

斯文森将手背在身后。“不过有件事你得知道。”

“我什么都知道。”

“这件事你肯定不知道，”斯文森等了一会儿，“你表哥病得非常严重。”

“是吗？”莉莉心不由得一颤。

“是他的肺。情况非常严重。属于不可逆转的损伤。你明白吗？不可逆转。”

“我明白。”

“我原本还在犹豫要不要告诉你。不过既然他是你的亲人，我觉得有必要让你知道。这病不传染。”

“知道了。这病不传染。”莉莉下意识重复一遍，边说边捋小女孩的头发。

莎拉演唱完毕，屋内顿时鸦雀无声，只有斯文森的女儿在一旁哼唱，声音犹如渐渐远去的回音。斯文森竖起手指，挡在女儿嘴上，这下连回音也消失了。

“照顾好自己，亲爱的莉莉。你身体也不好。距离康复还差得很远。”

莉莉嘴巴有些干燥，一时间什么话也说不出来。

～

米克洛斯尽量不去想医生的话，但林霍尔姆医生的诊断一直萦绕在他耳边。他并不十分相信医生的诊断，但为了让自己安心，他觉得多个人帮他看看似乎也不错。于是，他找到和平时期曾是手术台助理的雅克布维茨，让他帮忙再评估一遍 X 光片。这意味着米克洛斯需要偷偷闯入林霍尔姆医生的办公室里。哈里乐呵呵地加入此次任务中，凡是和冒险二字沾边的事情，他都乐意效劳。

夜灯泛出黄色的光晕，点亮主楼狭窄的走廊。米克洛斯、雅克布维茨和哈里像三个小妖怪一样蹑手蹑脚地走向林霍尔姆医生的办公室。

哈里手里攥着一根金属丝。他经常吹嘘，说自己在战争以前曾是某盗窃帮派的成员。显然，他在撬锁方面很在行。

哈里在钥匙孔里来回捣鼓了好一会儿，在等待的时间里，米克洛斯甚至有些后悔这个决定。他们的出逃几乎有些滑稽可笑。哈里终于成功打开门，三人溜进屋里。

他们宛如一支训练有素的军队，立即投入战斗。米克洛斯向哈里打手势，示意他打开哪个柜门，哈里用金属丝在锁眼里来回鼓弄。他们不敢开灯，那晚正好是满月，月光洒进林霍尔姆医生的办公室，投射出狡黠的粼粼光晕。三个男人或许觉得自己好像童话故事里的英雄人物一样英勇善战。

咔嗒一声，锁打开了。米克洛斯探过身子，手指快速划过一份份文档。他记得他的档案被放在了中间位置。找到文档的一刹那，他总算松了口气，他抽出 X 光片，递给雅克布维茨。

雅克布维茨舒服地坐在林霍尔姆医生的椅子上，对着月光举起片子研究起来。

屋门砰的一声被人推开，那人打开灯，三百瓦灯泡瞬间将屋子点亮，投射出不可饶恕的怒光。

玛尔塔站在门口，小胸脯呼哧呼哧地喘着气。“你们几位男士在这里做什么？”

这几位男士被吓得一跃而起，他们里面身着统一的条纹睡衣，外面套着临时借来的外套。X 光片从雅克布维茨手中滑落。谁也没有应答。这情景不言而喻。玛尔塔挨个捡起散落在地上的 X 光片，这举动为这出哑剧增添了更多的戏剧效果。

她转身朝荣誉小分队说："你们可以走了。"

三个男人列成一队，迈着沉重的步子往外走。

"你留下来，米克洛斯。"玛尔塔说。

另外两个人明显松了口气。他们出去的时候顺道关上了门。米克洛斯转过身，一脸愧疚的表情。此时玛尔塔已经坐在林霍尔姆的椅子上。

"你想找什么？"

"我的朋友雅克布维茨也算是医生，"米克洛斯说，"或者说以前是。我想让他看一眼 X 光片。"

"艾瑞克没有为你做评估吗？"

米克洛斯低头看鞋，鞋带绑得松垮凌乱。

"做了。"

玛尔塔盯着他良久，逼得米克洛斯只好抬头与她对视。护士长点点头，仿佛已经知晓父亲的难处。她站起身，将 X 光片放回档案里，再把档案放入柜橱。"艾瑞克为你尽了一切努力。你是他最喜欢的病人。"

"我总在黎明发烧：三十八度二。"

"世界上每个星期都有新药推出。谁知道未来会发生什么？"

米克洛斯眼中涌出一股什么东西。这一切发生得太快，快到他来不及转身躲藏。泪水如地震一般突然袭来。他瘫倒在地，双手捂住脸，抽泣起来。

玛尔塔轻轻转身。"你经历过太多可怕的事情。你都挺过来了。你活下来了，米克洛斯。不要在这个时候放弃，不要在终点放弃。

米克洛斯不说话。他不再哭泣——此时发出的声音更像是动物受伤后的呜咽。他试图说一些对方能听懂的话，可是嗓子像把他抛弃了一样怎么也发不出声。

终于，他说："我不会放弃。"

玛尔塔看着他，露出绝望的表情。他坐在地上，双手捂住脑袋。玛尔塔走上前，靠近他。"那就好。那么现在振作起来。"

他们相互给彼此一些时间平复心情。米克洛斯虽然平静了下来，却仍将脸埋在胳膊下面，身体缩得更小了。

"好。"他终于可以正常说话了。

"看着我，米克洛斯。"玛尔塔在他身旁蹲下。

米克洛斯透过瘦削的双肘间可怜巴巴地凝视玛尔塔。

玛尔塔重拾护士长惯有的冷酷命令式口吻："深呼吸。"

他试图平稳呼吸。

玛尔塔指挥："一、二。一、二。深吸气。慢慢来。"

米克洛斯的胸腔逐渐恢复正常起伏的节奏。一、二。一、二。

"慢慢来。深吸气。"

我最亲爱的莉莉：

我不傻，我知道让我困在医院的疾病会渐渐消失。

我也知道我的病友们怎么想。每当他们说“他的肺有问题”时，我都能听得出他们言语中带有的同情语气。

~

正值十一月，埃克舍医院周围刺骨的寒风将树叶一片片吹落。医院的院子里有一个圆形露天凉亭，这个漂亮的凉亭用深绿色木头葺顶而成，四周由优雅的白色柱子支撑。对于整个星期都被禁止离开医院的莉莉来说，这个凉亭就是她的避难所。每当莉莉无法忍受医院难闻的气味时就会逃到这里来。天气好的时候，她会靠在柱子上，让脸庞沐浴在美好的阳光底下。

然而现在，阵阵恶风袭来。莉莉和莎拉穿着厚羊毛制服，几近于执着地垂头丧气地绕着柱子踱步，一圈接着一圈。

我亲爱的米克洛斯：

我可真是气你！一个认真而又聪明的二十五岁男子怎会如此愚蠢？我完全了解你的病情，而且迫不及待想要见到你，难道这对你来说还不够吗？

~

一日下午，两个系领带的西装男来到阿维斯塔，他们刚抵达就被径直带往了匈牙利病区。原来这两个人是匈牙利大使馆派来的。其中一位手里抱着一台绑着丝带的收音机，另一位则负责发表讲话。

"这台收音机是匈牙利猎户座[①]工厂借给你们的。希望你们听广播开心！"

迪勃·赫希代表大家接过收音机。"谢谢你们！能听到家乡的新闻比吃任何药都管用。"

他们将收音机放到桌上，父亲找来插座。哈里打开开关。指示灯变成绿色，收音机随即发出噼里啪啦的声响。

"搜搜布达佩斯台。"其中一个西服男说。

不到半分钟，收音机里就传来了匈牙利语："亲爱的听众朋友们，现在时间是五点零五分。现在为身在海外的匈牙利同胞播报一条来自遣送部部长桑德尔·米洛克的信息。'漂泊在世界各地正在收听广播的匈牙利同胞们，你们要知道，匈牙利政府没有将你们遗忘，我们无时无刻不在惦念你们。在接下来的几分钟里，我要向那些漂泊在海外的同胞以及家乡的听众们，简要概括一下专门为简化同胞归国手续而设计的行政规章。'"

那天晚上，男人们坐在院子里，长木桌上摆放着收音机。灯泡在风中摇曳不安。男人们通常会在睡前半小时到室外待上一小会儿。到现在为止，收音机已经连续不停地响了六个小时。

---

① 猎户座（Orion）成立于 1913 年，是匈牙利生产收音机的著名厂商。

他们在睡衣外面套上毛衣和外套，然后裹上毛毯。众人紧挨着收音机旁坐下。绿色指示灯一闪一闪地，宛如精灵之眼。

他们正在收听克劳德·佩柏议员从华盛顿发来的讲话。议员每说几句，匈牙利播报员都会将内容翻译出来。后来他们开始听匈牙利新闻。声音的碎片犹如北极袭来的寒风一般在他们脑中盘旋。

第二批主要战犯已运抵凯莱蒂火车站。

位于波拉罗斯广场的浮桥已正式开通。

第一支警察队伍培训圆满结束。

服务员技能测试比赛在纳吉克鲁特展开。

在第二轮拳王争霸赛中，巴萨斯选手米哈伊·科瓦奇淘汰了切佩尔选手罗日尼优。

～

这天是星期日。比约克曼一家的灰色汽车一个急转弯停在了医院门前，莉莉已在传达室等候多时，她爬上后车座。

做完弥撒后比约克曼一家带莉莉回到斯莫兰斯泰纳的住所。他们坐在桌前准备吃午饭，斯文·比约克曼做饭前祷告。比约克曼夫人用汤匙盛汤，她的丈夫看到莉莉脖子上闪闪发光的银色十字架心里很是欣慰。由于语言的局限性，他们的对话总是很简短。

“还是没有家里的消息吗，莉莉？”比约克曼用瑞典语问她。

莉莉没有抬头。她每个词都听懂了。摇摇头。

比约克曼不由得对莉莉升起一股怜悯之情。“不如这样？跟我们讲讲你的父亲吧！”

莉莉有些畏缩。她怎么开得了口？

比约克曼理解错了：他以为莉莉没有听懂他的瑞典语。他就着敲勺子的声音强调想要表达的意思：“你的爸爸！*你的爸——爸！*爸爸！父亲！明白了吗？”

莉莉点点头。“我可以试着用德语讲，但我的水平有限。”

“没关系，”比约克曼说，他并不打算作罢，“用匈牙利语给我们讲。我们听着。相信我，我们听得懂。跟我们说说他。就用匈牙利语说。来！开始吧！”

汤匙在莉莉手中颤抖。比约克曼一家将目光聚集到她身上，就连两个男孩也不例外。莉莉用纸巾擦擦嘴，将汤匙放到桌上，双手搭在腿上。她低头瞟了一眼挂在脖子上的十字架。“我父亲，我亲爱的父亲，有一双蓝色的眼睛……一双炯炯有神的蓝色眼睛，”她用匈牙利语说，语调温婉柔和，“他是世界上最善良的人。”

全家人聚精会神地听着。斯文·比约克曼一动不动地坐在那里，脑袋稍稍歪向一侧，他听得津津有味，完全沉浸在陌生语言的韵律中。然而，这语言的阴阳顿挫，他又能听懂多少呢？

“我父亲个子不高，也不矮。他非常爱我们。他的职业是销售员。一个提着手提箱以推销为生的销售员。

每到周一黎明时分，莉莉的父亲桑德尔·芮奇就会提着两个大凡尔康行李箱，拖着沉重的步子前往位于布达佩斯的埃纳德大街。每个箱子里面都装满了几十份大大小小的档案和文件袋，好似层层包裹的洋葱皮，从大到小依次排序。

对莉莉来说，每一帧画面都历历在目，即使不闭上双眼，莉莉仍可以看到春日阳光下映射到建筑围墙上父亲步履蹒跚的身影。

“父亲一整个星期都在境内四处奔波。然而一到周末，星期五，他总会回到家里陪伴我们。他在凯莱蒂车站附近租了一间平房。每个星期一的早晨，父亲都会带上货物从家里出发，沿着埃纳德大街走到火车站。每个星期五，我们会在家等待父亲回来。”

这些话将莉莉带回到了过去的时光。一家人在埃纳德大街的住所里，围坐在精心布置的餐桌前：有母亲、父亲，以及八岁的莉莉。桌子另一头坐着一位陌生人：一个满脸胡子、衣衫褴褛的男人，他穿了件破旧不堪的外套，为了遮盖脏兮兮的衬衫和破损的裤子，他将外套纽扣全部扣上。这个陌生男人的指甲里满是泥垢，他尴尬地用指尖拿起盐罐。

“星期五晚上我们总是会吃一顿特殊的晚餐，父亲会邀请一位穷苦的犹太教徒与我们共进晚餐。这是他迎接安息日的方式。更多时候他请来的客人是在火车站遇见的陌生人。”

斯文·比约克曼仿佛听懂了莉莉的话。他眼角挂着泪珠，弓着背坐在椅子上，纹丝不动。他的妻子露出心醉神迷的微笑，就连大口喝汤的两个儿子，也将眼睛瞪得圆圆的仔细聆听。

“所以每个星期五的晚上我们就变成了四口之家。”

莉莉不敢低头看挂在自己脖子上的十字架。

晚上开长途车返回埃克舍的途中，比约克曼夫人向莉莉解释了瑞典复杂的领养程序。她似乎并不在意莉莉是否能听懂，只自顾自地一个人兴奋地说。她和斯文计划这件事已经有好几个星期了，现在终于能讲给莉莉听了，她顿时倍感轻松。

莉莉的身影早已消失在医院的双木门后面，比约克曼一家仍站在那里依依不舍地向她挥手告别。

亲爱的米克洛斯：

别忘了你答应过为我最好的朋友莎拉找个伴。她比我年长几岁。今年刚满二十二岁。

~

由于缺少尼古丁的摄入，父亲被折磨得几近发狂，他抄近路跑到传达室，直接破门而入。弗丽达和哈里被吓得立即分开。

“我只是过来找烟。”米克洛斯说。

弗丽达从哈里大腿上跳下来，甚至没顾得上整理衬衫，她走到柜橱前拿出一个盒子。盒子格里面装有各式品牌的香烟。

她咧嘴一笑，两个乳房左右摇晃。“要几根？”

米克洛斯感到惭愧，不光为自己，也为她。他想要四根。弗丽达舔舔手指，挑出四根香烟。米克洛斯掏出硬币。一手交钱，一手交货。

哈里从弗丽达身后抱住她，亲亲她的脖子。“免费送给他吧，宝贝。他是我最好的朋友。因为他我今天才能挺起来，算是替我表示感谢。

弗丽达妩媚地看了一眼米克洛斯，耸耸肩，把钱还给了他。

你的请求真是让我绞尽脑汁。这儿一共有十六个匈牙利男人，但没有一个是我觉得可以介绍给莎拉的。比如，我原本想带上哈里和我一起去见你们，但现在放弃了这个念头。

～

埃克舍的音乐之夜举办得越发频繁。斯文森医生甚至批准莉莉和莎拉免去一半的午休时间。下午两点整，女孩们躲在主楼里排练。斯文森医生也帮她们找来一些乐谱。

其中一个乐曲集涵盖了列昂卡瓦洛[①]的一系列精选作品。

---

① 列昂卡瓦洛（1858—1919），意大利歌剧作曲家。

那个星期她们表演了他最著名的咏叹调《黎明》。这是一首热情豪迈的歌曲，莎拉悠扬的高音极具穿透力。她随着音乐挥舞手臂，唱得如痴如醉。为了配合这首歌浪漫柔情又气宇轩昂的节奏，莉莉也采用一种夸张的演奏方式，她像猎鹰俯冲一样，将手高高抬起又突然回落到键盘上。

对她们来说最大的遗憾是没有合适的演出服装。事实上无论去任何场合，她们都没有得体的衣服。她们穿着医院的长袍上台表演，袍子的长度刚好遮住睡衣。

朱迪·歌德坐在一排士兵之中，她是唯一的女性，她骄傲地挺直身板，为自己身为匈牙利人而感到由衷自豪。

L’aurora di bianco vestita,
GiÃ l’uscio dischiude al gran sol.
黎明，披上雪白的银装，
开启通往无限光明的大门。

～

空气中一定悬浮着某种特殊的魅惑，因为在同一天晚上，几百公里以外的北部，阿维斯塔的夜晚也惊人的相似，每个人的情绪都格外高涨。

没有人意识到这种不谋而合的共时性，阿维斯塔的男人竟唱起列昂卡瓦洛的同一首咏叹调。这种惊人的巧合仿佛是上天派来的指挥家发号施令的结果，指挥家给先驱天使们释放出某种信号，号召天使唱诗班一齐演唱同一首歌。杰诺·格里格尔负责弹吉他，他的伴奏为这首歌赋予了更多色彩，按杰诺·格里格尔的话说，他们在营房演唱的《黎明》稍稍有些走调。歌曲本身是意大利语，每个人都使出浑身解数卖力演唱。

对于那些住在埃克舍医院的士兵来说，这首歌带给他们一种不可抗拒的振奋士气。大厅里堆满了微笑的脸庞。莎拉高举手臂，莉莉几乎悬在钢琴凳上。

营房这边，男人们早已站到床上、桌上。哈里不知不觉蹭到格里格尔身旁，指挥起来。

Ove non sei la luce manca

Ove tu sei nasce l’amor！

没有你就没有光明，

有你在的地方才有爱！

～

米克洛斯站在前排，脸颊泛红，未来之路看上去是那么灿烂夺目。《黎明》是一首赞美爱的圣歌，他认为其他人无疑是在用这首歌颂扬他对爱情的执着。

我现在把毛线寄过去，还有我们的尺寸。你应该不会介意吧？

～

米克洛斯在电话上暗示过莉莉他不缺钱，因为他在古巴的舅舅会为他提供赞助。而事实上亨利克舅舅是我祖母的长兄，他之所以在家族中声名远扬，是因为在一九三二年的时候，他卷走了全部的家传首饰，移民去了古巴。他应该没受到什么良心上的谴责，因为他刚一抵达哈瓦那[1]，便迫不及待地给远在匈牙利的家人寄回一张明信片，向他们大肆炫耀他在新家园看到的各种新奇事。

那时米克洛斯还是个小孩子，他经常捧着一张黑白照片端详，照片里是雨中拥挤的哈瓦那海港。他只隐约记得亨利克舅舅的样子。亨利克舅舅似乎留了两撇时髦的小胡子，一双炯炯有神的眼睛，时不时戴上一副单片眼镜，不过他不敢百分之百确定这些记忆是否准确。

在哈瓦那的明信片上，可以看到三个烟囱的远洋轮船，码头上停满了福特轿车，这张明信片被家族成员们视为亨利克舅

① 哈瓦那，古巴首都。

舅不可饶恕的背叛罪证。几个游手好闲、瘦骨嶙峋的码头装卸工人凝视着照相机镜头，单凭这些画面也不难猜出亨利克舅舅的未来。然而我舅公根本没有做轮船装卸工的打算。恰恰相反，从亨利克舅舅几年后寄来的一张照片上不难发现，亨利克舅舅有意向亲戚们显摆他那令人艳羡的生活——在一张十分清晰的照片上，他环抱一个宽颧骨、棕色皮肤的混血女人，膝下环绕着十来个小孩。

照片中，亨利克和女人站在木阳台上，嘴里叼着一支雪茄。在照片背后，他用潦草的字体歪斜地写下："我过得很好。我投资了一家甘蔗种植园。"

自打米克洛斯开始热衷于写信，他就立即想到了这位舅舅，也许舅舅能成为他的潜在资金来源。反正没有损失，试试也无妨。他给亨利克舅舅写信，告诉他自己如何在战争中死里逃生，目前正在瑞典接受治疗。在他的脑海中，一直存有一幅臆想出来的画面。他还是少年的时候，常常会梦到古巴，特别是他在翻阅了一本二十年代古巴写真集后，那本写真集是他在他父亲的书店里无意间发现的。在米克洛斯拼凑的画面中，舅舅在那个众所周知的阳台上，惬意地躺在吊床里来回摇晃。他变胖了——体重至少有一百二十公斤。在父亲的想象中，舅舅的阳台坐落在半山腰，坐拥整个海景。

不管亨利克舅舅的生活是否如他所想，亦或比历史传言过得更加奢侈，亨利克舅舅都没有给米克洛斯回复一个字，然而在三个星期后，米克洛斯却收到了一张八十五美金的支票。

这笔钱立刻成为了父亲的资本。收到支票当天，他就被一个浑身散发着酸臭味的老人给骗了，他用一部分钱和老人换了四团泥色毛线。

如今，拥有世界上最难看毛线的米克洛斯，为了帮助莉莉在匈牙利寻找母亲，在《光明日报》上发布了一则感人至深的广告。米克洛斯用亨利克舅舅那笔算不上慷慨的钱在阿维斯塔咖啡店里买了三个巧克力小蛋糕，他将它们放入一个漂亮的包裹盒里，用金绳捆起来。他做的最严肃的投资是一块三米半长的冬大衣布料，他颤抖着身体迟迟下不了决心，最后花了好长一段时间才将布料选好。现在，一切准备就绪。

第九章

米克洛斯一整天都在赶路。中途需要换乘几趟火车。他轮坐在不同车厢里：有时临窗而坐；有时由于座位有限，只好倚门而站；有时他将厚重的外套脱下，叠好，夹在膝盖间；有时眼镜被车厢内的热气蒙上一层薄雾，他从裤兜里掏出莉莉的手绢擦拭。他全程小心翼翼地呵护蛋糕盒。每换一次车厢，他都会找个安全的地方将蛋糕盒放稳——总之绝对不能让蛋糕受损。

他偶尔打打瞌睡，醒着的时候会望向窗外。一站又一站从眼前呼啸而过：霍夫斯塔、厄勒布鲁、哈尔斯贝里、穆塔拉、米约尔比。

列车刚刚驶过米约尔，就在他正踏进另一节车厢的时候，脚底一滑，大头朝下摔倒了。左边镜片被摔了个粉碎。

我先坐车到斯德哥尔摩，这样可以亲自去售票处购买外国人专票。你猜怎么着？斗胆献上我的吻。

米克洛斯

走廊里有两个凹室。其中一个位置格外隐蔽。我们可以整日坐在那棵巨大的人造棕榈树下，不会有任何人来打扰。那么好吧——我也献上一吻。

莉莉

我抵达当晚，也就是我们初次见面互道晚安之前，我想和你说一件事。对我来说，我献上的可是有特殊意义的吻，很多很多的吻——不是带着勉强意味“那么好吧”一类的吻。

米克洛斯

在莎拉演唱的歌曲中，还有一首我相信你一定知道——《义勇军进行曲》。我特别期盼见到你！献上许多的吻，直到我们相见。

莉莉

我很高兴走廊里有这样一个凹室，因为我不喜欢在大庭广众之下讲话。此刻在我脑海中正想象着轻抚你的秀发。（你会同意吗？）献上许多许多的吻。

米克洛斯

今早醒来，我左眼一直在跳。我告诉莎拉这是好兆头。很快就能见到你了。吻你。

莉莉

我将于十二月一日晚六点十七分抵达。献上我对你无尽的爱。

米克洛斯

～

一九四五年十二月一日，埃克舍飘起大雪。埃克舍附近的小站台和铁轨上方没有任何遮挡，唯一有顶棚的地方是进站口。

米克洛斯是那辆三节火车上下来的唯一乘客。他走路的姿势一点也不像风流倜傥的唐璜，他走出站台时甚至有些蹒跚。由于一侧提着沉重的手提箱，他的身体有些不自控地向右倾。这个破旧的手提箱是玛尔塔借给他的，箱子外面用绳子绑着。他的左手提着的是之前购买的小蛋糕。

莉莉和莎拉正站在车站外面等候。莉莉十分紧张，她紧紧握住好友莎拉的手。站在她们身后的是一位头戴印有商标的鸭舌帽、身披黑色斗篷的护士。她是斯文森医生特意派来照顾他的病人的。

米克洛斯很快就看到了等候在远处的欢迎团队，他露出笑容。在站台上微弱的灯光下，他的金属牙闪闪发光。

女孩们警觉地对望了一眼，随后感到一丝愧疚，又朝米克洛斯走来的方向望去，米克洛斯踏着皑皑白雪，从站台那边缓缓前进。走着走着，他突然咳起来，于是放缓脚步，停下来休息片刻。大概一个半小时前，绝望中的米克洛斯想到一个办法，他用当天的《瑞典晚报》将左边的镜片塞满，这样至少能保证一边眼睛看得见。他在大雪覆盖的站台上越走越近，身上那件借来的大了两码的大衣在脚踝处来回逛荡。不知是天冷还是太过兴奋的缘故，似乎可以看到泪水在米克洛斯的右眼中打转。虽然女孩们距离他还有一定距离，虽然米克洛斯戴着厚片眼镜，她们还是能够清楚地分辨出他眼里闪烁的泪光。他咧嘴微笑，嘴里的金属牙一览无余。

莉莉吓得浑身僵硬。他马上就要走过来了，近在咫尺。“交给你了！咱俩换位置！”她抿着嘴，不动声色地朝莎拉挤出两句话，像是中风一样。

此时，米克洛斯离她们只有几步之遥。

“你当莉莉！求你了！”她恳求。

一直站在女孩身后的护士看到米克洛斯瘦削的样子，还有身上那件滑稽可笑的大衣，由衷地感叹这位千里迢迢过来探望病人的男子的用情至深，他放下破旧手提箱的一刹那让护士颇为感动。

可以说这是米克洛斯人生中最重要的一次见面，他早已在心中演练过无数遍。他准备了一份简短有力的开场白——一共三句话——他感觉这样开场能带来奇妙的效果。来时的路看似永无尽头，他坐在拥挤的车厢内，默默将台词排练了千万遍。然而现在，不知道是不是被幸福冲昏了头脑，米克洛斯竟一时语塞，什么话也说不出来。他甚至连自己的名字也记不起来了，不过这一切都是肺部不适的缘故，他无法正常呼吸。他能想到的只是伸出一只手。

莎拉快速瞟了一眼。至少手长得还算不错，手指修长，掌心光滑。莎拉上前与他握手。“我是莉莉·芮奇。”她说。

米克洛斯用力握手。他转向莉莉。莉莉也用力回握。

“我是莎拉·斯坦，莉莉的朋友。”声音明朗清脆。

米克洛斯咧嘴微笑，露出金属牙齿。他一个字也说不出来。

一群人呆站在那里。终于，米克洛斯把捆着金绳的蛋糕盒递给莉莉。

护士上前从她手里夺过盒子。“咱们该走了！”她命令道，同情地看了一眼米克洛斯。

于是，他们出发了。外面大雪纷飞。莎拉一开始有些犹豫，不过很快，她决定挽起米克洛斯的手臂。莉莉走在他们旁边，眼睛盯着地板。曾经有那么几秒钟的犹豫，她想上前挽住米克洛斯的另一只手臂，但想想又觉得这动作太过亲密，于是作罢。护士跟在他们身后，手里提着那盒包装精美又不失雅气的蛋糕盒。

去医院有一条必经之路，他们必须穿越一个大型公园。他们踏着洁白无瑕的积雪，步履艰难地向前走，米克洛斯一侧被莎拉挎着，另一只手提着手提箱带。莉莉和护士紧随其后。

他们走到公园中央，在保持了足足八分钟的木讷后，一切宛如上帝显灵一般神奇，米克洛斯又恢复了声音。他清清嗓子，停下脚步。他放下手提箱，从莎拉手中抽回胳膊，转向莉莉。

雪停了。四个人就像安徒生童话故事里的人物一样：乳白磁盘上的黑色面包屑。

米克洛斯没有用事先准备好的开场白。“你和我想象中的一样，”他用好听的男低音说，“在我的梦里。你好，莉莉。”

莉莉尴尬地站着。她点点头，浑身轻飘飘的。一切看上去是那么自然。她上前一步，米克洛斯也上前一步。两人相拥在一起。

莎拉和护士本能地向后退了几步。

半个小时后，米克洛斯和莉莉坐在医院的凹室，就是莉莉之前提到的那棵棕榈树后面。两边各摆了一把破旧的软包扶手椅。米克洛斯将不合身的超大号外套搭在椅子后面，放下手提箱。

他们坐在椅子上，互相注视着对方，谁也不愿先开口。两人相视而笑，似乎在等待着什么。

米克洛斯把手提箱放到腿上，解开绳子，打开箱盖。他事先将大衣布料放在了箱子的最上边，他拿出布料，弄平褶皱。他像小孩一样兴奋地举起布料，放到莉莉手中。“我特意为你买的。”

“这是什么？”

“做冬大衣的料子。你得找裁缝做一下。”

“大衣吗？”

“你在信里提到过医院还没有给你们发放大衣。你喜欢吗？”

除了刚抵达瑞典时医院发给她的那些衣服外，莉莉还有一件丝绸衬衫，一件菠菜绿的背心，以及一顶像头巾似的锈红色帽子——所有这些都是比约克曼一家送给她的礼物。她用手摸摸料子，这块深棕色、厚羊毛布料让她想起了和平年代。她强忍住泪水。

“我选了一个小时呢，”米克洛斯补充，“在挑选冬大衣方面我可真不在行。当然，夏天的衣服也一样。”

莉莉又摸摸布料，认真的样子像是在破解织在布里的密码。她捧起布料，凑到鼻子前闻了闻。“这味道真好闻。”

“我特意把它放在那个旧手提箱里。我原本还担心它会被压皱。谢天谢地，幸好没有。手提箱是护士长借给我的。”

莉莉记得每一件事。米克洛斯寄来的每一封信她都至少要读上五遍。第一遍快速浏览，读第二遍甚至更多遍的时候，她会跑到浴室，从头到尾细细品读。之后，也就是隔天，她会再读上两遍，这时她已经能倒背如流。所以，玛尔塔对她来说一点也不陌生。

“米老鼠？”

“是的。”

米克洛斯有太多话想要对她讲。他的脑海中堆满了各种词句。该从哪儿说起呢？

他在兜里找到一根香烟。拿烟的同时顺手掏出火柴盒。“你介意吗？”

“当然不介意！可是肺没问题吗？”

“肺没事。里面好着呢，”说着指向胸口，“只是心脏不是很舒服！感觉要爆炸了——心咚咚地跳！

莉莉用指尖轻抚大衣布料。

米克洛斯点燃香烟。不一会儿，一缕灰烟在他们头顶环绕。

终于，他们开始交谈，你一言我一语，不停地打断彼此。他们兴奋不已，迫不及待想要与对方倾诉一切，以弥补那些逝去的时光。然而，谁也没有提及某些重要的事情。无论现在还是以后。

～

米克洛斯从未向莉莉说起他在贝尔森纳粹集中营那三个月

火葬尸体的经历。

他该如何向莉莉提及那噩梦一般的记忆？一堆堆尸体散发着令人窒息的恶臭味，这一切让他如鲠在喉，他能用什么言语去形容这份工作？鳞状赤裸的胳膊从他们手中滑落，咣当一声砸到其他僵硬的尸体上，一遍又一遍地重复，他该用怎样的措词去形容那份感受？

莉莉没有告诉米克洛斯她那天从贝尔森集中营里获得自由的遭遇。

她用了足足九个小时才从集中营爬到衣物站，虽然两地相隔只有一百米。那天烈日炎炎，她一丝不挂。德国兵早已逃之夭夭。她只记得抵达衣物站时已是傍晚时分。她坐在那里，穿了一件德国军官的束腰制服，倚靠着墙壁，她将脸颊扬起，沐浴在阳光底下。

她怎么会穿上德国军官的制服呢？

在焚烧死尸以前，米克洛斯曾在伤寒传染病营房里当勤务工，然而他却永远无法对莉莉讲述这段黑暗的日子。在集中营最恐怖的十七号病房里，他曾给奄奄一息的病人发放面包和汤。他必须在胳膊上佩戴写有“Oberpfleger①”字样的黑色袖带。还有伊姆雷·巴克拼命敲窗户向他乞求时的样子，他怎么可能告诉她？难道要告诉她伊姆雷·巴克曾四肢朝地，像一条患有狂

① Oberpfleger是德语，护理工的意思。

犬病的狗一样朝他狂吠？伊姆雷·巴克曾是他在德布勒森最好的朋友。他隔着窗户扑向米克洛斯，或许他只是想要索取药物。又或许，他要的只是一句嘘寒问暖的话语。然而，米克洛斯根本无法踏入渗透着死亡气息的伤寒隔离区一步。透过脏兮兮的窗户，米克洛斯亲眼看见他的挚友一头栽倒在地上。他那帅气的面庞，聪明的脑袋，重重的摔在水泥地上。他死了。

在被运往德国的途中，莉莉曾被关在货运囚车里长达十二天，然而，莉莉却对这趟旅程只字不提，无论现在还是以后。第七天的时候，莉莉发现自己可以通过舔夜晚凝结在火车壁上的水珠来解渴。她实在太渴了，渴到了极限！她的朋友特卡·克莯力克在她身旁不间断地嘶喊了二十个小时。事实上，两个女孩相比之下，特卡则更为幸运：因为她完全疯了。

父亲从未讲述过集中营解散后，在贝尔森综合医院里发生的那场穷凶极恶的打斗。他当时体重只有二十九公斤。他被人放到卡车后面，送去医院。那之后的几个星期里，他只能躺在病床上。一个身材魁梧的德国护士每天都会抬起他那轻如鹅毛的身体，往他的嗓子眼里灌鱼肝油，一天三次。躺在他身边的病人是一名牙医，波兰犹太教徒，三十五岁，会说好几国语言。他爱谈论伯格森、爱因斯坦和弗洛伊德。在获得自由后的第六个星期，这名牙医为了半斤黄油差点把一个更凄惨的法国人打死。父亲从未提过那件事。

是的，莉莉也从不提及在贝尔森综合医院里发生的事情。

五月，正值春天，战争刚刚结束。她躺在女病号区，打斗发生的时候，她离我父亲并不远。医院发给莉莉纸笔。测试任务是让莉莉写下自己的名字和出生年月。莉莉拼命回忆。她叫什么名字？她记不起来了。也记不起那些过往的日子。一想到可能再也记不起自己的名字，她感到悲痛欲绝。

这些事情，他们绝口不提。

两个小时后，米克洛斯轻抚莉莉的头发，从椅子上笨拙地站起来，朝莉莉的鼻尖亲了一下。

已经过了深夜，一名护士站在远处，莉莉突然意识到该说晚安的时候到了。护士将米克洛斯带到一楼一间四人病房里，未来两晚他都会睡在这里。

米克洛斯脱下衣服，换上睡衣。过去几个小时里，米克洛斯的心里洋溢着幸福，他在窗户与门之间来回踱步。直到凌晨三点三十分，他还是十分亢奋。他强迫自己爬上床。可是依旧辗转难眠。

早餐过后，第二天早晨九点，他们又坐到棕榈树下。早晨十一点，朱迪·歌德冲到传达室为女病区的病人取信，她看到莉莉和米克洛斯坐在凹室，他们的头靠在一起，正窃窃私语。她立即转过身，一股令人窒息的忌妒之情涌上心头，她感到有些羞愧。

莉莉决定把自己埋藏最深的秘密告诉米克洛斯。她深吸一口气。“我要向你忏悔。这件事没有任何人知道。连莎拉也不知道。不过，我想告诉你。”

米克洛斯凑上前，握住莉莉的手。“你什么事都可以和我说。任何事。”

“我很惭愧……我……我……”莉莉支支吾吾地说。

“你没有必要惭愧。”父亲自信地说。

“我无法解释……那感觉很难受。在登上瑞典的轮船之前，我们必须提供个人信息……我不忍告诉你……”

“你当然可以了！”

“我……我……我母亲的名字——她的名字叫苏珊娜·赫茨——可是我没有提供母亲的真实姓名，出于某种我自己也无法理解的原因，我没能说出她的名字。我撒谎了！我就是无法告诉他们我母亲的名字。”

莉莉抓起米克洛斯的手，紧紧握住。她脸色苍白，几乎白到发光。父亲松开手，点燃一根烟，每当他努力思考的时候都要抽上一根。

“很简单：你想改变自己的命运。”

莉莉思考片刻。“对啊。这么说真美好！改变一个人的命运。一时兴起做出的决定恰巧说明了一切，没有做过多的准备。尝试不一样的人生。不做犹太教徒。只是一句话，我的人生就彻底改变了。”

“青蛙变公主。”

米克洛斯总爱用童话故事作比喻。不过他觉得这并不重要，他补充说：“我也这么想过。但我太懦弱了。”

“在码头躺在担架上的时候，我告诉他们我母亲叫罗扎利娅·拉科西。我究竟是怎么想出来的这个名字？我根本毫无头绪。罗扎利娅·拉科西。这就是我告诉他们的名字，而非母亲的真实姓名。”

米克洛斯在烟灰缸里捻灭烟。“不要担心。事已至此，都已经过去了。”

莉莉摇摇头。“不，没有。你知道么，我告诉他们我父亲是犹太教徒，我母亲是天主教徒。不仅如此，我还告诉他们我也是天主教徒。你明白吗？我想彻头彻尾地改变自己。凡是跟犹太教有关的一切。一劳永逸。”

“十分理解。”

莉莉开始哭泣。

米克洛斯拿出那条珍贵的手绢。

莉莉用手遮住脸。“不，不，我罪孽深重！不可饶恕！你是我告诉的第一个人。你知道吗，我每周日都会和一个瑞典家庭共进午餐。比约克曼一家。所有人都以为我去他们家是因为我想去。但我并不是真的想去，我去他们家是因为他们也是天主教徒。我和他们一起去了教堂。我甚至还有一个十字架！”

莉莉从长袍兜里拿出一个褶皱的信封。她打开信封，拿出银十字架。

米克洛斯把十字架放在手里翻了个面。“这就对了。”

“什么对了？”

“为什么一直找不到你的母亲啊。为什么她一直没有给你写信。”

莉莉拿过十字架，放进信封，装回兜里。“为什么呢？”

“名单啊！匈牙利各大报纸上登载的名字。官方名单。你在报纸上叫莉莉·芮奇，你母亲叫罗扎利娅·拉科西。可那完全是另外一个人，不是你。我猜你母亲一定在布达佩斯看到了名单，她看到你的名字时并没有意识到那个女孩就是你。她找的莉莉·芮奇，母亲应该叫苏珊娜·赫茨。

莉莉站起身，高举手臂，那样子像一座古典雕像一般。不一会儿，她在米洛斯面前蹲下，开始亲吻他的手。他站起来，尴尬的将胳膊藏到身后。莉莉仍然蹲着，不过冷静下来一些。

“真是可喜可贺！”她低声说，抬头望向米克洛斯，“你太聪明了！”

话音未落，她飞也似的冲向走廊。“莎拉！莎拉！”她大叫。

第十章

正午时分，正好是女孩们的用餐时间，女病人的午餐时间通常比男病人要晚上半个小时。医院食堂的墙上贴着难看的黄色瓷砖，米克洛斯终于等到向众人展示自己世界观的契机了。

那年冬天，一共有二十三名女人在埃克舍医院的三楼接受治疗。她们聚在米克洛斯周围，其中也包括三位匈牙利女孩：莉莉、莎拉和朱迪。米克洛斯用一把木质手柄的锋利小刀将阿维斯塔甜品店的镇店之宝——三块巧克力小蛋糕——一一切开。他先将小蛋糕等分切成两份，再切成四份，最后切成八份。不一会儿，二十四份小蛋糕就在他面前摆好了，不过每份只有女人的指甲盖那么大。

米克洛斯站在椅子上——这种事他可是行家。他摘下破损的眼镜。“我现在给你们讲讲什么是共产主义，”他用德语宣布，语气里渗透着鼓舞的气势，“共产主义的核心思想就是平等、友爱和公正。你们刚刚看到的是什么？三块巧克力小蛋糕。任凭哪三个女孩都能在瞬间把它吃光。而我却选择将蛋糕等份切开——这么说吧，这三块小蛋糕可以代表任何东西：面包、牛奶、拖拉机或者油田。我把蛋糕切成大小均等的分量。喏！现在把蛋糕分给大家。分给在座的每一位。请享用。”

他指向桌上的蛋糕。米克洛斯的言论与才识是否深得人心并不重要，他的气场带动了在场的每个人，女孩们纷纷上前取蛋糕。莉莉骄傲地看着父亲。

小蛋糕如同空气般在她们口中稍纵即逝。

“从来没有人将共产主义的精髓阐释得如此精彩。”莎拉赞扬道，她有些激动。

朱迪是唯一一个没有吃下那块具有象征意义蛋糕的人。她把蛋糕放在手里来回摆弄，直到蛋糕彻底融化成一坨黏糊糊的、深棕色的东西，从她的指尖滑落。

～

十二月三日傍晚，莉莉送父亲到火车站，一同过来的还有披着斗篷负责监护他们的护士。火车已经开动，米克洛斯仍站在最后一节车厢的最后一节台阶上，朝站台上拼命地挥手，直到车站彻底消失在他视线里。

莉莉眼中泛着泪光，呆呆地站在冰天雪地里，久久不肯离去。

～

米克洛斯关上车厢门。踏上了回程之路。

在他探访埃克舍医院的第二个晚上，在那间四人病房里，他创作了一首情诗。次日，只要一有独处的机会，哪怕是在浴室或是电梯里，他都会仔细推敲、斟酌，让这首诗尽善尽美。他一直没有勇气念给莉莉听。可是现在，伴随着火车车轮与铁轨摩擦时发出的声响，“咔嚓、咔嚓”，节奏越来越快，整首情诗的韵律竟也被带动了起来。

情诗在他体内呼之欲出。一股巨大的能量即将爆发，即便米克洛斯想抑制也毫无抵抗之力。他提着用绳子捆得牢牢的行李箱，从车尾走到车头。塞在镜框里的报纸也早已皱成碎片，不过他一点也不在意。他用匈牙利语诵读诗句，一遍又一遍。嗓音高亢洪亮。

米克洛斯朗诵诗句的声音迅速盖过车轮转动的噪声。米克洛斯走进一节节车厢，那气宇轩昂的架势既像一名吟唱诗人又像当值列车员。他走过很多空座位，但他丝毫不觉得可惜。他根本不想坐下来。相反，他想和车上的旅客、陌生人建立起某种亲密的纽带，米克洛斯嘴里不停地念叨着他们并不熟悉的匈牙利语，有些人惊讶地注视着眼前这个行为怪异的旅客，有些人则向他投去同情的目光。或许有些人看得出他正在饱尝相思之苦。或许有些人把他当成了无害的疯子。米克洛斯一点也不在乎。他继续向前走，大声背诵情诗。

三十个小时无尽的旅程，
轨道上绚烂缤纷的人生。
我望向镜中的自己，
此刻是如此快乐多姿。
三十个小时——转瞬泯灭，
我的爱恋，每一分钟都更加浓烈。
三十个小时前，你寻觅到我的双手，
答应我，你会坚守到底，永不放手。
我们挽臂前行，历经风雪咆哮，
我们在凹室谈笑风生，莞尔而笑。
你是我的意念；你鼓励我奋战，
你给予我勇气为正义而战。
我倾尽所有，一切只为正义，
士兵千千万，我只是其中之一。
你的眼睛美丽迷人，宛如两颗明亮之星，
带着坚定信念与自在心情，我会再次崛起毅然前行！

米克洛斯的一生仿佛都在为创作这首诗做准备。是的，就是这首情诗。它在米克洛斯的胃里翻江倒海、蠢蠢欲动，再配上他心间美妙的旋律与脑中精准的计算，让他欲罢不能。每诵读完一遍，他都会再从头来过。他一共诵读了三遍，首尾承接流畅自然。一行行匈牙利诗句在他体内燃烧，淌过冰冷的瑞典铁路。

过了一会儿，他恢复了平静，在一间空包厢里坐下。他深信不疑地认为是体内的熊熊烈火让他体温飙升。他发烧了吗?连骨头也跟着疼痛，皮肤像是被削薄了一样，一切症状都和每日黎明时分的高烧一模一样。他总是随身揣着体温计，并把它保存在一个帅气的金属盒里。他拿出体温计，放在嘴里，闭上眼睛，开始数数。他取出体温计时却怎么也没有料到，身体的症状竟然欺骗了他。水银柱停在三十六度三——根本没什么好担心的。

米克洛斯望向窗外，黑漆漆的雪地、细长的松树从眼前快速闪过。

我最最亲爱的莉莉：

我该如何感谢你带给我的这三天美好时光？对我来说它比任何事情都有意义。

他只要闭上双眼就能看到自己和莉莉坐在走廊里的凹室中，硕大的棕榈树将他们的身体完全遮住，还有两把老式扶手椅，挂在一把椅子上的大衣，放在石板地上纤维材质的手提箱，以及两人相互对望、谁也不愿开口说话的前半个小时尴尬的沉默。

我亲爱的莉莉：

现在说说你印在我脑海中的模样吧。

第一幅画面：十二月一日晚。那棵轻率懵懂的棕榈树跟随你的一颦一笑繁茂盎然，绽放生机。你是那么的善良美好，更可恶的是，你竟如此迷人！

莉莉突然想到一个话题。倘若我父亲在音乐上有些许天赋，或许还能辨别出不同的音调。

“那是今天的报纸吗？”她问，说话的语气像老师。米克洛斯不确定她指的是什么。什么报纸？

莉莉伸手摘下他的眼镜。她举起眼镜，镜框里的报纸被揉得褶皱不堪，她尝试弄清报纸上的文字。他们之间的生疏感瞬间蒸发。

第二日：我们挽着彼此走在街上，那顶红色帽子遮住了你的双眼。噢，电影院就在小巷里！

他们冒着凛冽寒风一路走到卡瑟尔加丹，米克洛斯夹在中间，莉莉和莎拉挎着他各站一边。一路上，狂风咆哮，米克洛斯顶风向她们大声解释着。从他妈妈做的特制罂粟子布丁到德国哲学家费尔巴哈的拟人论，最后以瑞典人林奈的植物分类法作为结束话题。那些在甘布赖纳斯书店爬到梯子顶端看书的时光终于有了用武之地。他们冲进电影院的时候身体已经冻僵。亨利克舅舅的八十五美元剩余的部分就安静地躺在米克洛斯的兜里。电影院正在放映一部伤感的美国电影。米克洛斯觉得电影的名字很有寓意——《情书》。电影院里几乎没什么人。他们三人坐在后排，米克洛斯坐在两个女孩中间。米克洛斯几乎没怎么看屏幕。眼镜框里塞的《瑞典晚报》在此刻终于有了用处：他可以肆意盯着莉莉的侧脸，既不用做任何掩饰，也不用担心被察觉。电影里的蠢蛋男主角踩到一摊油，屁股着地摔倒在心上人面前，惹得心上人咯咯傻笑，影片演到这里，米克洛斯试探性地伸手去碰触莉莉的手。她用指尖轻轻回攥。

就写这么多吧——我突然意识到这一切都结束了。后来，在回家的路上，在公园的十字路口，那一刻……

他们走进公园时，天色已经暗下来——公园中央有一座卡尔·林奈的坐像。米克洛斯已下定决心。

莎拉机智地走在他们前面两三米处，她捧起双手，像是在参与气象研究所的雪花研究一样。米克洛斯在心里默默感激莎拉的这一举动。他们从林奈石像眼前走过。脚下的积雪发出咯吱咯吱的响声，点点繁星在天空中分外闪耀。

米克洛斯拦住莉莉，用手抚摸她的脸，他的手指异常滚烫——这实在不合乎常理，室外温度足有零下十度，连手套也没戴的米克洛斯，手指却这样滚烫——他朝莉莉的嘴上吻去。莉莉凑上前，依偎在他怀里，回吻他。在他们头顶是沉思的林奈。

莎拉起初还在为他们的缓慢进展感到些许失望，直到她身后的踏雪声慢慢消失，莎拉这才放下心来，独自一人走到公园尽头。她开始数数。数到一百三十二下的时候，她仍旧孤身一人，她觉得这样很好。她会心一笑。心也扑通扑通地跳起来。

星期一。平静的一天。只有摄影师。我猜你也一定在想，你母亲如果看到我们两个人的合影，会说些什么。

那间摄影棚在花园大街 39 号。米克洛斯捡起一张为后代投资房产的黑白宣传单。摄影师长得很像亨弗莱·鲍嘉[①]：一个穿夹克系领带的高个帅小伙。他摆弄了好一阵子拍摄姿势和取景

① 亨弗莱·鲍嘉（1899—1957），20 世纪 40 年代美国著名演员，出生于美国纽约，扮演过多个经典角色，曾获得奥斯卡最佳男主角奖，被美国电影学会誉为“百年来最伟大的男演员”。

角度。鲍嘉每次轻触莉莉的膝盖指导她往左摆或是往右摆的时候，米克洛斯的面部都会不自主地抽搐，他有些吃醋。照相机上面蒙了一块黑布，摄影师钻进黑布开始调整机位，他不停地指导，让他们的脑袋尽量保持不动。最后他从黑布下面钻出来，跑到米克洛斯面前，仔细研究起被米克洛斯塞在眼镜框里的报纸。他让米克洛斯摘下眼镜，之后又跑回黑布里。他足足用了五六分钟的时间调试不同的角度。接着，他又从黑布底下钻出来，朝米克洛斯走过去，趴在他耳边悄悄说了些什么。

米克洛斯的脸颊顿时涨得通红。在如此强烈的聚光灯下，米克洛斯一口难看的金属牙实在闪得太过耀眼，鲍嘉用正统的德语礼貌地提醒他。作为一名摄影师，即使他能察觉出米克洛斯心里知晓自己的问题所在，却也无法改变那闪闪发光的金属牙。作为一名精益求精的摄影师，他觉得自己有责任告诉他们，如果想要拍出一张好看的全家照，最好的表情就是莉莉笑逐颜开，米克洛斯抿嘴微笑。这是他作为摄影师的个人意见。

半个小时以后，这名在花园大街摄影棚工作的摄影师终于按下快门，至此拍下了莉莉与米克洛斯的第一张合影。

那晚，你陪我一起下楼，你走进电梯，关上栅栏门，电梯上升前，我最后一次向前倾身。

第二天晚上，莉莉突然冲到一楼与米克洛斯亲吻道晚安，莉莉这一举动让他猝不及防。莉莉已经换好睡裙和睡袍。她站在电梯外面与米克洛斯互道晚安，护士们在走廊里来回走动。莉莉走进电梯，关上铁栅栏门。米克洛斯试图将脑袋挤进栅栏里，他用一种近乎于绝望的姿势亲吻莉莉。事实上，由于挤得太过用力，他的脸颊被白色栅栏压出了两道印痕。电梯开始上升。米克洛斯依依不舍地站在原地。他默默地注视着莉莉，直到拖鞋也彻底消失在他视线里，他突然感到身后有只手搭在了他的肩膀上。

斯文森医生穿着白大褂站在他身旁。“你会说德语，对吗？”

“我会说，也能听懂。”

“很好。我想和你交代几件事。”

医生想要和米克洛斯说什么，他完全明白。然而现在，在这样一个特殊的时刻，他根本不想讨论自己的健康状态。“我什么都明白，医生。我的肺现在……”

“我要说的不是你，”斯文森打断他，“你误解了。”

米克洛斯松了一口气。

“我只是想告诉你好好照顾莉莉，”斯文森继续说，“她不是一般的女孩。”斯文森医生拉住米克洛斯的胳膊，带他顺着走廊往前走。四周空无一人。

“你知道么，命运的捉弄往往就是这样残酷，这些女人从贝尔森集中营里被解救出来的时候，我恰巧在国际医生团队里任职。我多么希望将那天的记忆从脑中彻底抹去。可往往现实总是事与愿违。我们原本以为找到了所有幸存者，哪怕只是奄奄一息的生命。除此以外，剩下的全部是那些躺在冰冷水泥地上的死者……将近三百具孩童般大小的尸体，他们不是一丝不挂就是衣衫褴褛。一具具只有二十公斤的骷髅。”

斯文森医生走进空无一人的大厅，忽然停下脚步，目光凝视远方。他显得焦虑不安。米克洛斯吃惊地看着他。这位医生露出狰狞的表情，仿佛内心正在经受痛苦的折磨。

“在我们准备撤离的时候。我又一次回头环顾，以防有任何遗漏……我不确定是自己的幻觉，还是……还是真的有一只手指在移动。你明白吗，米克洛斯？就像……就像一只奄奄一息的白鸽在做最后的挣扎时无力扇动的羽翼……又像是狂风吹尽后瑟瑟飘落的树叶，”斯文森抬起手，将食指勾在一起，声音有些嘶哑，“就这样我们把莉莉带了回来。”

~

多年以后，每当米克洛斯忆起斯文森医生这番话以及他颤抖的双手，仍会感到脊柱一阵发凉。这一切和米克洛斯探访埃克舍的另一片记忆融合在一起，一并深深印在了他的脑中。

火车吐着白烟驶出站台，他站在最后一节车厢的最后一节台阶上，直到车站彻底消失在视线里，令他欣喜若狂的是，现在他能够在脑中拼凑出莉莉的真实模样了。只要闭上双眼就能够看到莉莉——他最后一眼望到莉莉的样子已经深刻、永久地印在了记忆中。莉莉在积雪覆盖的站台上挥动手臂。她哭了。还有的她手指——按米克洛斯的话说，他可以清楚地看见莉莉挥舞着的纤细手指，那画面犹如电影特写镜头一样清晰。当然，他们之间的距离如此之远，这一切并不太可能，特别是他还戴着那副破损的眼镜，不过就算是这样又如何。他倚靠在敞门车厢里，火车开始加速，然而他，闭上双眼，莉莉纤细的手指真真切切地浮现在他眼前，她的纤纤玉手在风中颤抖，如四散飘零的落叶。

～

"好好照顾她。好好爱她，"在医院的最后一晚，斯文森医生嘱咐米克洛斯，"最好能……"

他陷入良久沉默，米克洛斯猜想他是不是正在脑中搜寻恰当的德语词。"最好能怎样？"他问。

斯文森依旧不语。米克洛斯突然明白了——斯文森医生并不是不知道怎样用德语表达。而是再说下去就要越界了，但他并不希望那样做。他没有继续说下去，然而，他却给了米克洛斯一个拥抱，这个拥抱胜过千言万语。

～

米克洛斯在埃尔瓦拉转车。他找了一个临窗座位。列车穿过夜幕，米克洛斯疲惫的面庞映射在车窗上，一脸胡子拉碴的倦容。

星期二起床时我的情绪十分低落：这是最后一天了。我们又一次走过斯达霍泰尔广场，走过我们周日晚上一同走过的路。我只能在沿途偷偷亲吻你一两次。

最后一晚，他们又坐在棕榈树后面那两张扶椅上。莉莉难过地哭泣。米克洛斯拉着她的手，想不出任何可以安慰她的话。

“我昨晚梦到我们以前的家了，”莉莉说，“我在梦里看见爸爸正在收拾行李箱。那是一个星期一的早晨，天才蒙蒙亮。我知道他很快就要走了。在梦里我清楚地知道，我们需要等一整个星期才能再见到他。是不是很奇怪？”

说着说着她忘记了哭泣，她甚至忘记自己正身处在异国的医院里。她说话的语气像是在讲述往日野餐一样轻松。在她孩童时期，她父亲的日程安排总如七巧板一样灵活多变。桑德尔·芮奇，这个提着手提箱以推销为生的销售员，每个星期一的黎明时分，会在家里打包好即将出售的电线。他把两个中号箱分别放入两个大行李箱，再把数个小行李箱分别放入中号箱。然后再把手提箱和手包放进一个红色儿童行李箱。这么多皮具可以一次性放进两个大行李箱里实在令人难以置信。

事实上，莉莉对她父母的强烈依恋让米克洛斯有些无所适从。他对他的父亲最清晰的记忆只有一个。那场景在他脑中分外逼真，米克洛斯不确定是因为自己只见过一次，还是见了太多次早已习以为常的缘故。也许每周日的午餐都是以这种方式结束的。

他的父亲总是将缎面擦嘴巾塞到衣领里。厚重的头发常常被抹得油光锃亮。他的母亲则坐在一旁喝汤，她看起来总是一副不修边幅的样子。是豌豆汤，对。白色陶瓷锅摆放在桌子中央，里面盛了满满一盆黄绿色的豌豆汤，上面浮着一层油。豌豆汤旁边还有一小碟堆起来的烤面包块。米克洛斯清楚地记得每一个细节。那时他还只是个孩子，他坐在他的母亲对面，穿了一件黑色马甲。他的父亲开始怒吼，生气地从脖子上扯下擦嘴巾，暴躁地从椅子上跳起来掀翻整块桌布。

米克洛斯永远也不会忘记。豌豆汤从锅里洒出来。滚烫的黄绿色液体顺着他的膝盖往下流，烤面包块像长着翅膀的小天使一样滚落到地上。

那晚在棕榈树下，他握着莉莉的手，将这个故事讲给她听。

莉莉换了一个话题：“我不想做……”

“你不想做什么？”

“这话太难以启齿了。可是，我不想与他们一样。”

“不一样？”

“不想和爸爸妈妈一样。”

朱迪·歌德端着几杯茶走过来。她忍不住偷听他们的对话。

“你不想做什么，莉莉？”

莉莉看看莎拉，又看看米克洛斯。“我不想做犹太教徒了！”她轻声回答，语气坚定。

莉莉的话中也许带有些许敌意。

“这不是想不想的问题。”朱迪反驳，用指尖抹去滴到桌子上的茶水。她气冲冲地转身走开，仿佛莉莉的话冒犯了她一样。

米克洛斯沉思。“我认识一个主教。我会写信给他。咱们申请和他谈谈，如何？”

如往常一样，米克洛斯说话的时候又把事情夸张了一些。他并不认识什么好心的主教。但他确信，只要好好找，一定能找到。

“你不介意吗？”莉莉问，她轻抚米克洛斯的手。

“我也曾这样想过。”米克洛斯客观地说。

～

那晚，在返回阿维斯塔的火车上，站台一个接一个地从眼前一闪而过，米克洛斯对这个问题进行了深刻的思考。找主教谈话对他来说原本就是件无关痛痒的事情。是不是犹太教徒，对他来说也没有任何意义。他的青少年时期整个人都沉迷在社会主义论当中，根本无暇顾及任何古老的宗教信仰。如果宗教谈话对莉莉来说十分重要，如果这是莉莉想要的，那他就去帮她找神父。或者主教。或者教皇本人，当然，如果真到那一步的话。

列车驶过厄勒布鲁、哈尔斯贝里、勒尔巴克和穆塔拉。米克洛斯正在写信。

你看得出来，对吗？我最亲爱的莉莉，在自由之路的开拓中，在抵抗压迫的斗争中，我是一个具有奉献精神的士兵，我希望唤醒每一个民族沉睡着的儿女。你会成为我日常生活中的战友（你会的，对吗？），也请做我事业上的忠实战友吧！你曾是资产阶级家庭长大的女孩——现在你要成为一名勇敢善战的社会主义者！你有这个倾向，对吗？

一回到阿维斯塔我就去联系主教。我希望圣诞节能与你再次相见，我已经开始倒数计时了！

许多许多的拥抱与热吻！

米克洛斯

第十一章

米克洛斯离开埃克舍的第二天，集体早餐时间后，斯文森医生走进餐厅，用勺子敲玻璃杯示意大家安静下来。屋内的嘈杂声渐渐消失。

斯文森看上去有些紧张。“我希望你们听到这个消息后，能继续保持耐心以及对我们的信任。我刚刚收到的消息会在一定程度上改变你们的生活。瑞典健康局决定解散斯莫兰斯泰纳康复医院，即日起生效。这个决定意味着凡是已经在我们医院康复的病人今天都可以出院了。其他尚未康复的病人会被转移到贝尔加的医疗机构。”

斯文森原本还想继续说下去，不过声音很快就被一片喜悦的欢呼声给淹没了。女孩们站在椅子上，有的拥抱彼此，有的甚至兴奋地尖叫起来。还有一些人试图挤到斯文森身旁，对着他说各种各样的语言。他敲敲手中的玻璃杯，试图控制局面，不过并没有什么效果。

今天早晨，在一片喧哗声中，他们宣布即将关闭这里的医院，我们将被转移到几百公里以外一家大型康复中心去——很快就会启程。到时就轮到我去看你啦。至少我们距离更近了一些，而且我也不用跑太远。

三个匈牙利女孩直接回到病房里。她们正准备收拾行李，就在这时，莉莉发现自己的东西被盗了。

半个小时以后，委员会开始调查案件，可是莉莉此刻的状态根本无法回答任何问题。她一阵阵哭泣，泪水止不住地往下掉，最后，医生只好给她注射镇定剂。她躺在床边，蜷缩着身体，一言不发。

许多人跑来关切地询问，莎拉不厌其烦一遍又一遍地解释。"我说过了。门是开着的。"她回答，指向屋子角落里唯一一个壁橱。

这个壁橱一直供女孩们储藏物品，此时，壁橱的门仍然是敞开的，里面的东西基本已被清空。

为了让当地红十字会负责人交流无障碍，一个戴眼镜的男人将莉莉的话轻声译成瑞典语。那个负责人全程眉头紧锁，他个头很高，一头金发，皮肤惊人的苍白。

安玛丽·阿维德森也在其中，她负责记录。“那块布料长什么样？”她问。

莎拉轻抚莉莉弓起的背。“布料长什么样，莉莉？我只见过一次。”

莉莉只是呆呆地望着窗外那棵在凛风中不停摇曳的白桦树。

莎拉努力回忆。“是一块做冬大衣的棕色布料。花呢布料，带小绒毛。是她表哥送的。”

戴眼镜的男人轻声翻译。“肯定是我们在餐厅听通知时发生的。当时所有人都在楼下。”

安玛丽·阿维德森放下钢笔。“这家医院从没发生过盗窃事件。我真不知道该怎么办。”她说。

“我知道！”站在一旁的红十字会金发负责人拍案而起，“我们会把布料找回来还给主人。”

～

米克洛斯回到阿维斯塔后，先去办公室报到，随后回营房换衣服。他回去的时候正好是中午，所有人都在餐厅吃午饭。

米克洛斯第一眼就看见他了，他往后退了几步。中间一排床的上方悬着一双靴子，在空中形成一个弧形。手提箱从米克洛斯手中滑落。他摘下眼镜，将另一边完好无损的镜片擦拭干净。他重新戴上眼镜，很显然，眼前的景象并不是幻觉。他的视线被一个铁柜挡住了，他看不到营房里面的情况。他往前挪了几步，看到的仍然是两条腿：灰色的裤子，腰上系着皮带。

是迪勃·赫希。他上吊了。他把自己吊在钩子上——顶灯附近挂了一个弯弯厚厚的大钩子。他身体下方的地板上放了一封信。米克洛斯的手脚不停地颤抖，他需要坐下来缓一缓。几分钟过去了。一种难以抗拒的猎奇心理促使他打开信阅读。他必须停止颤抖。他看到信的尾端盖了一个官方印章。不用看也能猜到信上说的是什么，他强迫自己站起来，拖着步子缓慢走向尸体。

他猜对了，是的。他根本不需要捡起信，电子无线电技工加摄影师助理此生收到的最后一封信是死亡通知书。迪勃·赫希太太的死亡通知书，本名艾尔玛·克莱茵。

记忆的残片迅速闪过米克洛斯的大脑，他在信中和莉莉提到过有人曾亲眼看见赫希的妻子在贝尔森被射杀。就是他们庆祝赫希收到喜讯后在营房里列队跳康加舞那次。是什么让他抑制了自己的疑虑？他为什么没有立即跑到赫希面前摇醒他，告诉他真相？可是，什么时候说呢？什么时机说呢？

难道是赫希坐在床上，将信件高举过头顶挥舞的时候吗？还是在他大喊“她还活着！我妻子还活着！”的时候吗？那时他应该跑过去摇醒他，对他大嚷“不，她没有活着，她死了——三个人亲眼看见她如丧家犬一样被射死了？”

还是等等再对他说？可是等到何时？难道是在赫希把信件当作旗帜在空中挥舞，一字一句高声宣布的时候？然后呢？还是在哈里从后面抓住他的肩膀加入庆祝仪式高唱《进行曲》的时候？

当所有人把恐惧转变成辉煌的情绪宣泄时，他又能做什么？活着，活着，活着，活着，活着！他该如何阻止这场火山爆发？

难道他应该站到桌子上，对一群正在热烈欢唱的人大喊？他要喊什么呢？*清醒点吧！你们这群笨蛋，都清醒点吧！你们现在孤身一人，他们全死了。全没了。你们所有爱的人全都化成了灰烬。我见过。我知道。她没活着，没活着，没活着，没活着，没活着！*

可是，他没有那么做，他加入了列队，成为贪吃蛇的一部分，和其他人一样成为想要抛弃一切合理思维的常人，他们宁愿相信什么都没有改变。

此时此刻，赫希冰冷的尸体却悬在钩子上。

～

那晚，镇定剂的药性褪去，莉莉和莎拉走进办公室做正式控诉。两天后，她收到米克洛斯的来信，米克洛斯花了几个小时去研究瑞典的盗窃案件，他查到按照瑞典人处理这类案件的程序，此刻应该已经展开正式调查了。然而他们心里都很清楚，那年冬天，莉莉不会有一件像样的冬大衣穿了。

> 我的可人儿莉莉，我的挚爱！
>
> 你必须报警，告诉警察被盗原因不明。你还得用德语写一封信，一式三份（一份给医院，一份给外国人办公室，一份给警察局），你要在信里写清楚失窃的具体细节——比如：被盗物品是一块三米半长的棕色冬大衣布料，等等。

与此同时，还有更重要的事件正在发生。星期二早晨，九个在埃克舍医院慢慢康复的女孩搭乘巴士前往斯莫兰斯泰纳火车站，其中也包括三个匈牙利女孩。外面大雪纷飞，火车站一片混乱。

大部分住在莫兰斯泰纳的病人已经登上了火车。从埃克舍匆匆赶来的病人提着行李箱和包袱，在泥泞的站台上狂奔。斯文森医生和护士穿着统一的黑色斗篷，在火车旁窜上窜下，好似训练有素的援助军，努力安抚大家的情绪。喇叭里播放的乐曲振奋人心，在音乐的映衬下，火车站到处弥漫着离别的悲伤，泪水与吻别还有站台上的泥泞相互交织在一起。

莉莉、莎拉和朱迪·歌德费了好一番力气才在车上找到她们的朋友，这些女孩也住在莫兰斯泰纳，她们已经有三个月没见到彼此了。她们兴奋地尖叫，热情相拥。随后，女孩们拉下窗户，探出身子向斯文森医生飞吻告别。一名护士骑自行车匆忙赶到火车站，她肩上扛了一个大皮袋，里面装的全部是当天早晨寄到的信件——多么感人的举动。为了不让斗篷卷进车轮里，护士将斗篷撩到膝盖位置。前面的人听到车铃声立即跳到一边为她让路。

“信来了！信来了！”她在站台中央跳下车，将车扔到地上。她从包里拿出一摞信，开始喊收信人的名字。她必须扯开嗓子大喊才能盖过喇叭里的音乐声。

“施沃茨、瓦里、贝内德克、芮奇、托尔莫斯、莱曼、绍博、贝克……”

安玛丽·阿维德森也在站台上忙前忙后，想到自己之前对待莉莉的态度，她有些懊悔，所以特意竖起耳朵听“芮奇”这个名字。她从护士手中拿过信，动身在人群中寻找莉莉的身影。她沿着火车一路小跑，心想这封信一定是米克洛斯寄来的。她大声喊着莉莉的名字。不过她欢快的声音很快就在车站的嘈杂声中淹没了。她的外套从底部一直到膝盖都沾满了泥土。她跑得满脸通红，上气不接下气。她将信高举过头顶，大喊：“芮奇，芮奇。”

没过多久，她就发现了几米以外正将身子探出窗外的莉莉。

莉莉也看见她了。“安玛丽！安玛丽！”她大喊。

阿维德森女士听到莉莉如此亲切地称呼她瞬时颇为感动。

她把信封递到莉莉手中，紧紧握了她一下。

“我猜是你朋友寄来的!”她笑着说，以示支持他们的恋爱。

莉莉瞟了一眼信封，脸色突然变得煞白。信封上面盖的是匈牙利邮戳，地址的字迹也写得很潦草。肯定不会错。莉莉身体不由自主地向后倾。如果不是莎拉伸手去接她，她一准就摔到地上了。

“是妈妈的笔迹。”她轻声说，将信紧紧攥在胸口。

“这样会把信挤坏的，快松手!”莎拉说，试图从她手中拽出信。然而莉莉始终不肯松手。

朱迪从车窗内探出脑袋，对正好从车厢旁经过的斯文森喊：“芮奇收到母亲的来信啦!”

斯文森医生停下脚步和护送工作。穿着斗篷的护士像一群乌鸦似的围在斯文森周围，所有人一拥而上，踏上火车。

狭小的包厢里挤满了不下十五人。莉莉不敢打开信封。她拿着信不停地亲吻、抚摸。

“快，打开信封，莉莉!”斯文森催促。

“我不敢。”她呜咽地说。她把信递给莎拉。“你打开吧。”

莎拉毫不迟疑。她撕开信封，从里面抽出厚厚一叠信纸，递给莉莉。

莉莉摇头。“你读吧。求你了!”

斯文森医生坐在莉莉旁边，双手握住莉莉的手。不知怎的，这封从布达佩斯寄来的信立即在人群中扩散开来。越来越多的人挤在过道和站台上。如果莎拉不想让围观群众失望，她必须大声念出来，就像在剧场表演一样。她知道这一刻意义非凡，令她沮丧的是，自己的嗓音却让她失望了。莎拉本可以轻松演唱舒曼那首最难唱的咏叹调，可现在读起信来的她，声音却变得异常沙哑、迟疑不定。

"'我的宝贝，我唯一的莉莉！我看到你在《光明日报》上刊登的启事了，标题下面写着：三名在瑞典的匈牙利女孩正在寻找亲人。'"

莉莉仿佛可以看到她们在埃纳德大街的长阳台公寓里，暗绿色的大门，还有胖乎乎穿着长裙的妈妈。门铃响了。妈妈打开门。是邻居勃兹。勃兹手中挥舞着当天的《光明日报》，朝妈妈激动地大喊。莉莉不确定她到底喊了些什么，不过那并不重要。从她扯着脖子的样子不难看出她确实是在大喊，她手里不停地戳点报纸上最后一页用粗体字框起来的告示。妈妈从她手中夺过报纸，迅速看了一眼，她看到一个名字，她的名字，随后便昏倒了。

莉莉入神地聆听妈妈的讲述，听妈妈述说自己如何昏倒，又如何醒来。"我一直都知道我的宝贝莉莉是个聪明的孩子！"

经过最初的紧张，莎拉终于恢复自己原本的声音。

"'在历经如此糟糕的一年之后，我终于奇迹般地听到了你的好消息！我根本无法用语言去形容这对我来说有多么重要。我只能感谢上苍让我活着看到了这一天。'"

斯文森仍拉着莉莉的手。

勃兹冲进食品储藏室，嘴里喃喃自语地叨念着：“醋、醋、醋。”

她在第二层架子上找到了醋，然后用牙齿拔出软木塞，闻了闻。接着跑回妈妈身边。妈妈仍躺在门口。她将醋泼到妈妈脸上。妈妈打了个喷嚏，睁开眼睛。她看着勃兹，她把她当成了莉莉，开始喃喃轻语。

“‘对不起，你亲爱的爸爸还没有回家。他获救后因患上肠炎而被送去了奥地利的韦尔斯接受治疗。从五月到现在我都没有收到任何关于他的消息。但愿在上帝的帮助下他能尽早回家，这样我们一家人又可以幸福地生活在一起了。’”

莉莉不确定自己听到的哪部分是莎拉读出来的，哪部分是真真切切妈妈的声音，那感觉就像妈妈本人坐在拥挤的包厢内一样，讲到最重要的部分时妈妈接过话对她诉说。

“‘自六月八日我们亲爱的表亲芮丽从奥斯威辛返回家乡后，我就一直和他们生活在一起，你或爸爸回家之前我都会暂时住在这里。万能的上帝，希望不要等太久！’”

一股刺鼻的醋味充满整个房间。妈妈擦干眼泪，在勃兹的帮助下站起来，摇摇晃晃地走进厨房，打开水龙头洗脸。洗完脸后，她在一个小板凳上坐下，把报纸放到膝盖上铺开，从头到尾一共读了七遍，直到确定有生之年都不会忘记每一个字句后才肯作罢。

“‘我不知道该从何问起。你每日都做些什么？你吃什么？你现在长什么样子？是不是特别瘦？内衣够穿吗？不幸的是，我们的一切都被掠走了。我们回来的时候，那些上交给国家的东西一样都没有留下——没有床单，没有布料，没有冬大衣，没有衣服，什么都没有。但是我的女儿，请不要担心这些问题。’”

莉莉听到妈妈话中的最后几个字。妈妈说“我的女儿”，这称呼准错不了。我的女儿，我的女儿，我的女儿。万能的神啊，听上去简直棒极了！

斯文森医生一个字也听不懂，但和包厢里其他匈牙利女孩一样，他的脸上也洋溢着幸福与骄傲的表情。莎拉抬头看看周围，咽咽口水，继续读信。

“‘现在说说好消息吧。那架崭新的钢琴，就是爸爸送给你的十八岁生日礼物，还完好无损地保存着呐！莉莉，我知道你听到这个消息一定会非常开心。’”

妈妈坐在板凳上。她将《光明日报》抚平，开始在心中构思信的内容，脸上带着笑容。她立刻开始写信。事实上，在过去的十个月里，她每个夜晚都在构思这封信，现在将所有思绪转移到信纸上，对她来说不用费吹灰之力。她熟记每一个标点符号的位置，从头到尾一字一句地检查拼写，一遍又一遍——她可不希望在如此重要的文件上出现任何错字。她一边写，一边在嘴里嘟囔着。

“‘宝贝，如果有机会就用太阳灯照照手脚，还有头部，我估计由于缺乏维生素摄入，你那一头美丽的鬈发已经掉了不少。你也许还感染过伤寒。千万不要忘记，我的心肝。在上帝的帮助下，待你回家之时，我希望你能像往日一样容光焕发。’”

这时有个人，好像是斯文森团队里的某个护士，跑去提醒站长，医生还在车上，千万不能让火车开走。斯文森没有挪动身体。他紧紧握住莉莉的手。女孩们挤在包厢里，眼中闪烁着泪光。莎拉的声音从打开的窗户里一直飘到站台上。

“‘可怜的古丽完全杳无音信，不过卡尔帕蒂斯一家四口安然无恙。班迪·霍恩显然在苏联成为了俘虏。你在告示中没有提到苏斯。宝贝女儿，你知道她的近况吗？毕竟你们是一起离开家的。’”

莉莉嗓子一紧。她和表妹苏斯在恶臭的营房里，拥着彼此躺地板上，苏斯去世了——她插上蝴蝶之翼飞到了另外一个世界，她死的时候嘴角挂着笑容，身上被虱子咬得千疮百孔。她是什么时候死的？莉莉对任何人都闭口不谈。

厨房里散发着醋的味道，妈妈似乎预感到这个问题会触碰到莉莉的伤口。她一言不发：一滴水珠从水龙头里滴落。她望向勃茨，抽泣起来。勃茨抱住她，两个人抱头痛哭。

莉莉可以清楚地听到妈妈含泪说的话语，妈妈将头埋在勃茨的颈部。

“‘要是能抱抱你们该多好啊。我此生再无他求了。我十分想念你，吻你千万遍，爱你的妈妈。’”

莉莉几乎处于迷离恍惚的状态。她没有注意到斯文森和护士已经离开。他们下车前拥抱并亲吻了她。后来，斯文森医生和他的团队像雕塑一样屹立在埃克舍站台上，目送他们远去，直到火车渐渐消失。

我独一无二的爱人，莉莉！

你的好消息令我太开心了，我的喜悦之情溢于言表！我早就说过，对不对？我就知道你这周会收到母亲的来信。我每一分每一秒都更加爱你。你是那么善良、美好，又那么的优秀。而我却如此粗笨。你会把我变成一个更好的人，对吗？

第十二章

两天后，米克洛斯消失了。那日中午前，没有人注意到他的缺席。第一个想到他的是哈里和弗丽达，米克洛斯每日午餐前都会悄悄溜进传达室购买两支下午抽的香烟，他们已经习惯了在这个时候见到米克洛斯。哈里发现米克洛斯没有现身后，便跑去问雅克布维茨最后一次是什么时候、在哪儿见到过他。

到了下午一点，林霍尔姆医生也得知他最喜欢的病人如同樟脑丸一样凭空蒸发了。他们去数自行车，一辆不少。午饭的时候米克洛斯还是没有现身，他们开始有些担心。

林霍尔姆医生担心米克洛斯在去邮局的路上犯病，于是派出一辆小车到镇上寻找他。与此同时，凡是米克洛斯可能去的地方，他都打电话询问了一遍——邮局、咖啡店、火车站。谁也没有见过他。临近傍晚的时候，他通知了警察，并在医院下达宵禁令。

大家都把米克洛斯的失踪与迪勃·赫希的自杀联系到一起。米克洛斯发现了他的尸体，他们剪断赫希上吊用的绳子时他也在现场。那之后的几天里，他一直闷不吭声地坐在床上。谁也无法让他开心起来。后来哈里推测，可能是因为圣诞节将至，他为了避开这个节日才逃走的。最近大家谈论的话题大多与圣诞节有关，虽然许多病人是犹太教徒，也从未过过这个节日。另一边，杰诺·格里格尔称米克洛斯是社会主义者，他根本不在乎圣诞节——像他这样的人不可能为一个区区宗教的节日而苦恼。

玛尔塔来到营房挨个询问了每个人。她在米克洛斯的角落里花了很长时间，试图从他的信件中一探究竟。他把所有信件保存在一个厚纸盒里。盒子里大概有三百封信，米克洛斯将它们摆放得井井有条，其中也包括莉莉的信，他把莉莉的信绑上黄色丝带单独放在一边。玛尔塔拿起纸盒，忍住好奇心。她觉得现在还为时过早。她决定再多给他一些时间，最晚到明日清晨。

与此同时，七公里以外，米克洛斯在松树林里独自徘徊，他陷入深深的沉思。他无法解释为什么那日清晨自己会陷入焦虑与抑郁的情绪。那日清晨与往常并没有什么不同。他在黎明时分测试体温，然后去吃早餐。他照例给莉莉写信。他和利茨曼下棋，之后去林霍尔姆医生办公室做简短的例行检查，顺便缠着医生准许他圣诞节去探望莉莉。

也许就是这个原因。林霍尔姆医生不经意的一瞥。医生用听诊器听他的肺部，随后耸耸肩。耸耸肩！

米克洛斯在树林里停下脚步。迎面吹来一阵微风。是的，就是因为林霍尔姆医生不顾及他感受作出的那个反应，如同第一块被推倒的多米诺骨牌一样，勾起了他所有的负面情绪。他心事重重地走出医生办公室。他从来都不相信那愚蠢的诊断。他一直把它当作是误诊，内心从未真正理睬过。那就让聪明的人说呗——谁让他懂得多呢！

然而那日清晨，林霍尔姆的一个不经意的动作却如滚滚江水一般在米克洛斯的胃里翻滚。那动作让他窒息。他要死了！他会像迪勃·赫希一样在这个世界上消失。他的衣柜会被清空，他的床会被移走。就是这么简单。

所以他离开了。他迈着沉重的步伐经过医院大门，走到十字路口的时候，他没有像往常一样左转去小镇，相反，他转向右边，朝森林深处走去。他几乎从未走过这条路。走着走着，前方的路渐渐消失，取而代之的是一条未经休整过的狭窄小道，或许是从林中的鹿踩出来的。此刻米克洛斯完全迷失了方向。不过他并不担心。能这样走走他觉得很舒服，他甚至有些享受这种在死亡边缘徘徊的感觉。死神。如果就这样死了会怎样？他活过、爱过，足矣。他会如鹿的脚印一样悄无声息地消失吗？他不停地背诵诗歌，一开始是默念，后来大声诵读，最后用尽全力大声嘶吼。他在一棵棵高耸入云的松树间穿梭，一路上不停地背诵诗句——阿蒂拉·尤若夫、波德莱尔、海涅。

临近傍晚，一阵咳嗽过后，他开始为自己感到难过。他很冷，脚上的靴子已经湿透，他感到疲惫不堪，于是在一棵坠落在地的树干上坐下来休息。或许他曾向命运妥协，可他并不想就这样被冻死在这儿。他开始向北边走，想象营房就是那个方向，他并不确定自己的判断是否正确。

～

晚上八点，林霍尔姆拨通了埃克舍的同僚斯文森的电话。他并不知道斯莫兰斯泰纳的病人已于两天前转移到了贝尔加。斯文森听到米克洛斯失踪的消息十分惊讶，他无法想象他这样做的原因，不管怎样，他还是把贝尔加的电话号码告诉了林霍尔姆医生。林霍尔姆医生一直等到晚上十一点才打电话给那个匈牙利女孩，也许她比任何人都更了解米克洛斯的行踪。出于某种原因，他选择在传达室打这通电话，或许这样能时刻盯着远方的路，说不定米克洛斯会随时出现。

～

那日正是女孩们抵达贝尔加康复医院的第二天。她们被安顿在一个长形简陋的营房里，新营房和在阿维斯塔的营房一样。信差叫莉莉去主楼听电话时女孩们已经在床上躺下。莉莉起床，随手拿了一件外衣，准备去接电话。她有些不安，于是特意将靴子套在脚上，跟在信差身后。

就在林霍尔姆听到莉莉用细柔的嗓音发出那声有些迟疑的“喂”时，他看到米克洛斯拖着疲惫的身躯朝大门走过来。

“是你吗，莉莉？米克洛斯在电话这边，”他对着电话大喊，他估计米克洛斯还得需要五分钟才能走进传达室，“等一下。他马上就过来。”

米克洛斯从没想过他还能回到这里。他努力沿着脚印往回走，可是他觉得自己一直在绕圈子。他先前印在雪地里的脚印已经消失，再后来似乎变成了双重脚印。他一度觉得自己一定是在跟着熊的足迹前进，后来不知怎的，他又重新找回了自己的脚印。

走到一半的时候，他一直跟随着的脚印突然消失不见，瞬间失去方向的他感到迷惘无助。地上的脚印若隐若现，时有时无，像是踩脚印的人突然起飞了一般。

太阳落山后，天气冷得让人无法承受。米克洛斯十分难受。他的双脚磨出了水泡，脑袋一颤一颤地疼痛。他不停地咳嗽。镰刀一般的月牙几乎无法将树林照亮。他经常跌倒，双膝跌入松软的雪中。他失去了希望。但他知道不能停下来。他集中一切力量，专注走路——一、二，一、二，一、二。他感到异常绝望。他能听到动物嚎叫的声音——也许是猫头鹰，他想象着——可是瑞典的冬天会有猫头鹰吗？“猫头鹰的刺耳叫声呼唤着死亡”——这句表达不错，适合做开头，可是他什么时候才能将这句话写在纸上？永远也不会。永远、永远。

后来，米克洛斯看见了传达室和围墙，还有在窗台后面拿着电话的林霍尔姆。也许他在做梦。

他足足花了十分钟才走完最后五十米。他跌跌撞撞地走进传达室。林霍尔姆看着他，将听筒按到他手里。“莉莉·芮奇。你想和她说话，是不是，米克洛斯？”

莉莉不知道为什么会耽搁这么久。虽然那个阿维斯塔的陌生男子一直在安慰她马上就会接通米克洛斯，可是自莉莉接起电话的一刻起，她就知道一定是发生了什么事情。听筒在她耳中噼里啪啦的嘶嘶作响。

经过一个世纪的等待，她听到米克洛斯微弱的声音：“喂？”

“你还好吗？”

“很好。特别好。”他还能说什么？

莉莉松了一口气。“我们在贝尔加的新病房里为自己布置了一处小角落。”

“然后呢？”

“你肯定想不到。太可怕了！我甚至不想写信告诉你。你介意我抱怨吗？”

米克洛斯面部肌肉被冻得十分僵硬。他无法呼吸。他几乎说不出话来。“没事。”

他在为自己争取时间。他试着用冻僵的手指按摩脸部。林霍尔姆医生也让他感到窒息，林霍尔姆站的位置离他十分近，米克洛斯为了不碰到他，不得不弓着身子听电话。

“那边怎什么样？跟我说说。”他问。

“木造营房，路面坑坑洼洼的，十分糟糕……我晚上睡不着觉，太冷了。起床的时候嗓子疼，还有些发烧。”

“是这样。”

“营房里面连让我们坐的地方都没有。没有椅子，没有桌子！我们整天像流浪狗一样到处晃悠。”

“是这样。”

米克洛斯脑子一片空白。他感觉像被掏空了一样。他现在只想躺下来，闭上双眼。

莉莉意识到米克洛斯有些异样。通常大多数时候她都很难插上话。现在他却如此沉默。“我一整天心情都不太好，很不自在，”她又哭起来，“我只想哭。我不知道我应该在哪儿。我太想家了。”

“是这样。”

听上去根本不像是米克洛斯的声音。语气冰冷。甚至带有一丝敌意。他们陷入沉默。

昨晚的电话——太糟糕了。我没法正常说话。我想说，我对你的爱无法用任何东西衡量，那不仅仅是一种感觉。如果我昨晚没有告诉你这些，请原谅我。还有几天我就能见到你了！

“那么，好吧。”莉莉低声说。

“是这样。是这样。”

“你还好吗？”

“嗯。”

莉莉脸色变得煞白。“我想托你给妈妈寄一封航空信，既然现在我们有她的地址了，我想告诉她我们的事情。”她喃喃地说。

林霍尔姆看得出米克洛斯现在只想睡觉。

“行。我会寄的。”

沉默。

昨晚挂断电话后，我被一种奇怪的感觉笼罩……像是有人朝我身上泼冷水一样！你的声音听起来是那么陌生、冷漠，我忍不住去想也许你不爱我了。

咔哒一声。电话挂断了。莉莉脸色如白色床单一样苍白。莎拉揽住她。

“他的声音太不一样了。肯定发生了什么事情。”

“他的朋友自杀了，”莎拉说，“肯定是这个原因。他心里承受了太多，可怜的孩子。”

她们挽着彼此走向营房。莉莉整宿没有合眼。

第十三章

第二天，为了欢迎新病人的到来，贝尔加康复中心特意安排了一场舞会。乐队在大厅里演奏。她们笑称那里为小卖部。乐队由三人组成，演奏的是瑞典音乐，乐队成员包括：钢琴演奏者、鼓手以及负责吹萨克斯风的人。

一些女孩翩翩起舞。她们似乎一点也不介意乐队演奏者是大厅里面唯有的几个男士。大多数女孩则盯着特意为这个活动而设置的木桌。上面摆着啤酒、斯康，还有香肠。

莉莉、莎拉和朱迪单独坐在一桌，就在这时，两个男子走进餐厅，经过一番询问后，径直朝她们走过去。

“你是莉莉·芮奇吗?”其中一个人用瑞典语问，同时摘下帽子。

莉莉没有站起来。“对，是我。”她用德语回答。

那个男子从兜里抽出一条布料。“你认识这个吗？”他问，改说德语。

莉莉站起来，从他手中拿过布料。“对，我认得！”她用手摸了又摸，用指尖感受布料的绒毛。“看，”她说，递给莎拉，“是我冬大衣的布料，对不对？”

另一个男子摘下帽子。“请允许我介绍一下自己，女士们。我叫斯文卡，是埃克舍区域的代表。这位是医院的看护人，伯格先生。”

伯格先生点点头，接过话：“在埃克舍医院的调查过程中，我们在其中一个走廊的柜子底层发现了这条三米半长的布料。你听懂了吗，小姐？”

“嗯。”

“很好。整块布料被剪成了碎布条。”

他把碎布条要过来，拎在空中。莉莉怔住了。乐队正在演奏一首慢歌，许多女孩随着音乐在木地板上摇摆。

莉莉想确定自己听懂了。她转向莎拉。“我听的对吗？布料被剪成了碎布条？”

莎拉迷迷糊糊地点点头。

“小偷似乎只想毁掉布料，并没有打算自己留下。”斯文卡补充。

乐队开始演奏下一首曲子。节奏欢快的波尔卡舞。只剩下几个女孩在跳舞，她们兴趣盎然，跳得十分投入。莉莉盯着看护员手里来回飘荡的布条。

“现在要找到罪犯还有一定难度。不过，如果你愿意”，伯格将目光扫向其他桌子，“我们可以挨个审问。”

“过程不会太顺利，不过，如果这是你想要的。”斯文卡继续说。

莉莉摇摇头。她说不出话来，目光无法从看护员的食指和中指间捏着的那块永远也成不了冬大衣的布料上移开。

三个女孩在黑暗中迈着沉重的步伐一言不发地在营房间徘徊。她们将手插在棉绒制服的兜里。外面天寒地冻，狂风咆哮。

莉莉停下脚步。“谁会这么恨我？”

“嫉妒你好运气的人。”莎拉说，脸上露出同情的笑容。

朱迪十分生气。“如果我是你，绝不会就此罢休。让他们追究到底，查出来是哪个女孩干的。我倒要盯着那个人的眼睛看看！”

“他们怎么找？”莎拉问。

“我怎么知道？审问所有女孩啊。搜她们的东西。”

“他们是不是还得找找剪子？或者刀？”莉莉用一种嘲弄的语气反问。

朱迪不依不饶：“谁知道啊？剪子、刀，任何东西！或者花呢料的碎布！”

她们继续往前走。

"是啊，偷东西的人肯定有这些！就在她的心脏边上！"莎拉说，"说真的，朱迪，你太天真了。"

"我只是想说这种事情应该调查清楚。不能就这么不了了之。反正这是我的意见。"

莉莉盯着积雪覆盖的泥泞小路。"我不想知道是谁干的。我该对她说什么？"

"该说什么说什么呗。你朝她吐口水。"朱迪尖声说。

"我？得了吧！我为她感到难过。"莉莉虽然嘴上这么说，心里却不确定自己是否真的这样善良。

～

林霍尔姆医生没有问米克洛斯那个漫长绝望的一天究竟去哪儿了，也没有问他为什么消失。他让米克洛斯去泡热水澡，给他开了一些退烧药。三天后，他觉得自己有义务当面告诉米克洛斯他的最后决定。他们像老朋友一样坐在沙发上。

"我知道这个决定会让你难过，米克洛斯，"医生说，"但是我禁止你表妹在圣诞节过来看你。"

"为什么？"

"没有给她住的房间。所有地方都住满了。但这只是其中一个原因。"

"另一个原因呢？"

“上次我跟你说让你和她告别，还记得吗？就算你身体健康，我也不允许女性到男病人的医院里探访，更别说你的身体并不健康。作为一个读书人，你必须明白这一点。”

“我应该明白什么？”

“你曾经提到过《魔山》？感官上的欲望……我认为会……让人躁动不安。很危险。”

米克洛斯站起身走向门口。看来林霍尔姆的决定不可逆转。过去几天是什么改变了？米克洛斯怎么就失去了医生的同情？他得赶紧做一些异于平常的举动，一些能让林霍尔姆动摇的举动。

他抓紧门把手，转过身。“我想要一份书面通知，有劳了，林霍尔姆医生。”

“得了吧，米克洛斯，咱们的关系……”

“我不在乎我们的关系，”米克洛斯说，“我想要一份书面通知，拜托。一式三份。我要把你的信交给高层。”

林霍尔姆站起来。勃然大怒。“去死吧！”他大吼。

“我不去死，我去匈牙利大使馆。你在限制我的权利。你有义务批准亲属探访。我希望你把意见写到书面上。”

从来没有人和林霍尔姆这样说过话。他十分错愕。他盯着米克洛斯。“滚出去！”他说。

米克洛斯狠狠将门摔上，顺着长走廊扬长而去。他为自己敏捷的思维感到惊讶。医生限制他的自由活动。这是一个多么好的理由，至少有效且真实。另一方面，这个国家接受了他，对他进行治疗。林霍尔姆医生完全有权称禁止自由活动是为了他的健康着想。而米克洛斯可以这样反驳，一切费用都是由国际红十字会支付，并不是瑞典这个国家。换句话说，他要感谢和最终交待的是红十字会。只要他愿意，比如说，在斯德哥尔摩午夜俱乐部过圣诞节，谁又能阻止得了他？

然而，确切地说，他到底是什么身份？太令人困惑了。病人？难民？持不同政见者？还是临时访客？他的身份，是的，应该搞清楚他的身份。但是该由谁来决定？瑞典政府？匈牙利大使馆？医院？还是林霍尔姆医生？

在他身后不远处，屋门打开了，医生冲出来。“米克洛斯！回来。有话好好说。”林霍尔姆医生在走廊里大喊。

然而父亲并不打算和他理论。

我亲爱的莉莉，独一无二的莉莉：

我感到愤怒至极，而且十分沮丧。但我不会放弃。我会想办法的。

～

午后时光，餐厅里充斥着一片慵懒的气氛，哈欠声连绵起伏。这里是贝尔加康复中心唯一一处公共区域。女孩们可以做的事情十分有限：她们可以在病床上做做伸展运动，在刺骨寒风中散散步，或是围坐在大厅餐桌旁等待晚餐。

那天下午，莉莉决定试着阅读奥古斯特·倍倍尔写的《妇女与社会主义》。米克洛斯写信问过她好几次，这本简装书寄给莉莉已经有两个月了。莉莉故意把它放在平时看不见的地方。书的封面并不怎么诱人：一个瞳孔放大的凸眼女人，看上去像是得了甲状腺肿一样，在封面上凝视着读者，一头长发被风吹得凌乱不堪。

莉莉读了十分钟，越读越生气。读到第四页的时候，她恼羞成怒。“这本书根本没法看！”她说，啪的一声把书合上，用力扔到大厅另一边离她最远的角落里。

莎拉正在用米克洛斯那坨难看的泥灰色毛线织毛衣。她特意从埃克舍带过来的。“这本书怎么了？”

“连书名都让我厌烦。怎么会有书叫这种名字？《妇女与社会主义》。内容更差劲。”

莎拉放下毛衣针，走过去将书捡起来。她掸掸上面的灰尘，回到桌子边，把书递给莉莉。“是有些生涩，我承认。不过如果你接着看……”

“没戏。我看烦了！我宁愿什么也不读。看烦了，听见了吗？”

“这本书能教会你一些道理。就算没有，至少也能告诉你米克洛斯是怎么想的。”

莉莉嫌弃地把书推到一边，仿佛上面有什么传染病毒似的。“我知道他怎么想的。这书真让人受不了。”

莎拉不再争辩，回去继续织毛衣。

亲爱的米克洛斯：

我很快会把倍倍尔的书寄回给你。不幸的是，这里的环境……以及我的大脑神经……让我对这种书没有任何耐心。

昏暗的灯光从餐厅布满灰尘的大窗户里映出。朱迪·歌德透过窗户观察莉莉和莎拉是否待在一起。即使像现在这样发生争执，她们的心也还是系在一起。朱迪觉得自己是多余的，孤独感从未像现在这样如此强烈地揪痛着她的心。难道会一直这样下去吗？难道她永远都不会拥有自己的爱人了吗？反正也没有这样的男人。随便吧，她早已放弃，可是，她会有属于自己的女性朋友吗，一个忠实可靠、一生一世的好朋友？难道她要一直这样迎合别人吗？为了表示关心让自己丢脸？别人的每一句好话、每一个建议、每一个拥抱，她都要表示感激吗？那个叫莉莉·芮奇的人又何德何能？

朱迪转身快速跑向营房。她们的病房宿舍里摆放了十二张铁床。前室放有几个带锁铁柜。朱迪走到铁轨旁打开其中一个。她从里面拿出一个黄色带铜锁的手提箱，这个手提箱是她表兄八月份寄给她的，寄来的时候箱子里面塞满了鱼罐头——这个表兄是她唯一幸存的亲戚。朱迪将那些鲱鱼罐头、鲭鱼罐头以及青鱼罐头分了一部分给其他女孩，剩下的部分全部被她吃光了，即便如此，朱迪还是会时不时就将手提箱拿出来抚摸，想象着有一天能够提着它凯旋，回到德布勒森的主街上。不过，也许她不会回到德布勒森。她还有什么幸存下来的朋友和亲戚？她也许会在瑞典定居。找个工作，找个丈夫，再找个落脚的家。对，丈夫！谁知道呢？命运有时早已注定。

此时营房里只有朱迪一人。她从黄色手提箱的侧兜里掏出一个钱包，那件物品被她藏在了这里。她拿出残留物，将它攥在手里。她为什么把这东西藏起来？又为什么留着它？还要冒着时刻被发现的风险。其实她并不怎么担心会被发现。谁敢搜她的手提箱？除非！除非那两个从埃克舍过来的看上去不怎么不面善的男人决定将这件事查个水落石出。最好还是扔了吧。

布料差点烧到她的手掌——她高兴地把这块昂贵的布料剪成细条。她有充分的理由这么做。这世上没有人能谴责她。谁也不能！

朱迪跑进浴室，锁上门。她最后一次闻闻布料，接着将布料扔进了马桶里，随着一声叹息，她拉下了马桶抽水链。马桶发出嘶嘶的声音，随即涌起一些水泡。

第十四章

林霍尔姆医生在下定决心给莉莉打电话之前连续几个晚上辗转难眠。他把自己的担忧告诉了玛尔塔。米克洛斯独自一人走进树林里的事情让她有些心神不宁。她也觉得一切变得太过混乱，也许和莉莉谈一谈，把事情说开也没有什么坏处。林霍尔姆医生给莉莉打电话的时候让玛尔塔陪在一旁，客观地监督他，如果有哪些地方说得过分了也好提醒他。

寒暄过后，他开始切入正题。“米克洛斯独自走进树林里，一部分是为了逃避，一部分是……”

莉莉在贝尔加的传达室里将听筒贴在耳边。她本以为是米克洛斯打来的，飞似的就奔向电话这头。听到林霍尔姆的声音后，为了让心跳平缓下来，她特意停顿了一会儿才开口。她真希望他能赶紧说到重点。

“另一部分是？”

“另一部分是面对现实。在我治疗他的这五个月里，亲爱的莉莉，没有一次，没有一次他真正面对过自己的病情。我是认真的。我接下来要说的话十分残酷，莉莉。你做好心理准备了吗？”

“医生，我做好了一切准备——同时什么也没准备好。不过不管怎样，请继续。”

林霍尔姆医生坐在那张舒适的扶手椅上。深吸一口气。“米克洛斯必须正视死亡。我们曾经四次把他肺里的黏液吸干。我们可以治疗他，却无法将他治愈。他对英雄主义的理解有误，这导致他完全无视我的诊断。按我们医生的话说，他在否认病情。你在听吗，莉莉？”

“嗯，我在。”

“他走进树林里那次，是他这五个月以来第一次面对现实，第一次让现实爬进他为自己搭建的象牙塔里。我们终于看到了转机，莉莉。你在听吗？”

“嗯，我在。”

“自然会造成一些不可预知的创伤性影响。你能帮我吗，亲爱的莉莉？不能再让米克洛斯这样天马行空下去了。你还在吗，莉莉？”

“嗯，我在。”

“他计划与你结婚这件事既荒唐又疯狂至极。在现阶段来看，这个决定简直具有毁灭性。米克洛斯已经无法分辨现实与想象中的世界。你意识到他这次出走背后的象征意义了吗？”

“象征意义？象征什么？”

“一个警醒信号。提醒我，他的医生，也提醒爱他的你。”

“你希望我怎么做？”

“你必须结束这场愚蠢的恋情。用真诚。用爱。用感情。”

莉莉靠在传达室的墙上，抱着听筒。她突然挺直身子。“听着，医生，我尊重你高超的专业技术和丰富的治疗经验。还有你在医学研究方面取得的非凡成就。你开的药，做的X光检查，研发的止咳合剂，操作的注射器……这一切我都十分尊重。但是我恳求你不要干涉我们。让我们继续做梦。让我们忘记科学诊断。我跪下来求你。我向你祈祷，恳求你，医生，让我们去过更好的生活！你还在听吗？”

林霍尔姆招呼玛尔塔过来，这样她也能听到莉莉的动情恳求。他难过地挤出一句：“嗯，我在。”

～

一九四五年，距离圣诞还有两天，米克洛斯在绝望中做了一个决定。他说服哈里和他一同前往贝尔加，他们既没有医院的许可也没有钱。

他衡量了一下现有的选择。他不能递交正式申请——那样做就意味着会让自己卷入一场错综复杂的战役，而且是在他不熟悉的法律系统里。他知道自己不应该把事态复杂化，可直觉却告诉他不能那样做。

去贝尔加需要换乘三辆火车。三辆火车，三个检票员。米克洛斯和哈里都十分擅长为自己找辩解理由。他们衣衫褴褛，身材瘦削，看上去又是一副病恹恹的样子。没有哪个检票员会不同情他们。这一程下来全凭运气。

星期一下午他们走到阿维斯塔火车站，登上一辆火车。

亲爱的莉莉：

你觉得这主意怎么样？我们可以在下一期《透过瑞典》上刊登告示宣布："我们订婚了。"只登这句话和我们的名字。

亲爱的米克洛斯：

一定也要写信告诉妈妈。你怎么搞到钱呢？给那个认识的主教写信了吗？

第一次遇到查票他们就没有成功。检票员惊讶地看着他们，跟他们要了两次票。

米克洛斯冲他友善地笑笑。“我们没有票。我们没钱买票。我们是在阿维斯塔康复中心接受治疗的匈牙利病人。”

检票员并不为之所动。火车刚开到下一站就把他们赶下了车，并向站长举报了他们。

他们足足坐了十七公里的火车。相关负责人为这两个逃亡者安排了一辆大巴车，将他们遣返回阿维斯塔。不过这辆大巴不需要他们买票。

与此同时，委员会成员正聚在一起讨论如何处罚米克洛斯的任性行为。

我亲爱的，独一无二的莉莉：

半个小时前，我们被送回到这里，所有人都大惊小怪的。他们小题大做的样子简直无法用语言形容。

～

林霍尔姆医生又为米克洛斯做了一遍 X 光检查。第二天他和米克洛斯讨论检查结果。米克洛斯在椅子上坐下，双眼紧闭，身体后倾，让椅子的前腿悬在空中。他现在要做的只是集中精力保持平衡，这样他就能找到重心。如果两条椅子腿能在空中保持五秒钟，那他就能被治愈。没错。

林霍尔姆想和他谈谈这次逃跑事件。他今天的态度十分温柔、善解人意。“你把这里搅得天翻地覆，米克洛斯。康复中心的主任和理事非常生气。”

米克洛斯又把身体向后倾了倾，这回椅子翘得更高了。“他们能怎样？”

“把你转走。”

“转去哪儿？”

“可能是赫戈勃。北部一个小村庄。我的诊断意见也无法动摇他们的决定。”

“为什么？就因为我想去看表妹？”

“因为你违反规定。擅自出走。别忘了，米克洛斯，你最近已经无故消失两次了。不过你要知道我并没有与你作对。坦白说，我理解你。你一定在想这又有什么区别，对吗？”

米克洛斯的椅子倾斜到了极限。他会不会摔翻过去？这倒是个问题。“昨天检查肺的结果怎么样？”他问。

“我多希望给你的是好消息，可惜不是。X 光片显示……”

咣当一声。米克洛斯恼羞成怒，故意将椅子的前腿重重摔到地上。他抬头望向医生。“我会康复的！”

林霍尔姆被这一声重击吓得一怔。他避开米克洛斯凝视的目光。

林霍尔姆站起来，抱着胳膊。“你这家伙可真古怪，米克洛斯。天真而又有强迫症。固执而又愚蠢得可爱。我很喜欢你。这与同情无关。”

~

米克洛斯根本没有为被逐出阿维斯塔感到生气，不过后来当他在地图上查找赫戈勃的地理位置时，发现从那儿到贝尔加的距离又远了四十五公里，这才让他开始有些慌乱。他走到护士站。“我可以再借一下手提箱吗，拜托了？”

玛尔塔什么话也没说，站起来朝米克洛斯走过去，踮起脚尖在他脖子上亲了一口。

“别忘了带每天早晨吃的药，”她提醒他，“还有，把烟戒了吧。答应我。咱们一言为定，握手为证。”

两个人握了握手。

下午，米克洛斯开始打包。他决定扔掉所有不必要的东西，这样他才可以将这一生都装进那个破损的手提箱里。衣服占的地方不多，但是他有很多书、笔记本和报纸。剩下的就是所有信件，全部用信封封着，放在那个大纸盒里。

被赶出营房为米克洛斯创造了一个具有象征意义的机会。现在，至少米克洛斯可以借机把那些早就打算扔掉的东西全部处理掉。他从纸盒里拿出一捆绑着丝带的信件。全部是莉莉寄来的。他把过去五个月收到的其他信件单独拿出来——有克莱拉·科维斯的来信，有匈牙利东北部一个十六岁天真无邪的女孩的来信，还有两个来自特兰西瓦尼亚的离异女人寄来的如同滔滔洪水般的抱怨——米克洛斯把这些信件一并扔进浴室。事实上，即便在十二月初和莉莉相处三天后，米克洛斯从埃克舍回来，仍在和其他八个女孩通信。他告诉她们他疯狂地恋爱了，而且很快会结婚。两个女孩回信祝福了他。

米克洛斯把一整捆信件全部扔到浴室里点火烧掉。他看着那些在熊熊烈火中燃烧的文字，满意地点点头，那个写了如此多信件、让人着迷的大文豪也被他一起烧掉了。

就在这时，他听到小提琴的声音。待一切烧成灰烬后，他走回营房。哈里正站在病房中间的桌子上演奏《国际歌》。

起来，饥寒交迫的奴隶！
起来，全世界受苦的人！
满腔的热血已经沸腾：
要为真理而斗争！

米克洛斯所有的朋友都在高歌：拉希、约斯卡、阿迪、法卡斯、雅克布维茨，还有利茨曼。哈里拉小提琴时的表情显得纯真无邪。

我要被转到赫戈勃去了，因为我不守纪律，是个麻烦制造者、破坏分子。我的十位朋友立即宣布，如果没有我，他们也不会待在这里。拉希、哈里、雅克布维茨，还有其他人都会和我一起去贝尔加。

男人们拉上米克洛斯一起列队行进。他们高歌游行，列队穿过主楼。哈里用小提琴带领着大家，队伍中的其他人跟着合唱。

这是最后的斗争
团结起来到明天
英特纳雄奈尔就一定要实现。

几十个医生、护士以及工作人员挤在走廊里。直到此刻，男人们才意识到治疗他们的医疗团队竟然如此庞大。里面有相当一部分人是米克洛斯不认识的。大多数人从来没有听过这首振奋人心、强劲有力的歌曲，特别是匈牙利语版本。然而单单是这十个神采奕奕的年轻人挽臂前进的举动，本身就已经是胜利了。

我亲爱的米克洛斯：

我们想要再次见面的愿望竟引发了如此多的不满，这让我感到十分难过。

亲爱的莉莉：

我们在一起的每一分钟对我来说都是一生。我是那么的爱你！你知道吗，一想到还要等好几个月我们才能永远在一起，我就十分沮丧。

我独一无二的米克洛斯：

我会试着在贝尔加申请去探望你。

～

贝尔加康复中心理事的办公室家具配置得十分简朴，理事招呼莉莉坐下。她身材瘦削，表情严肃，戴了一副眼镜。莉莉猜想她这辈子可能都没有笑过。她的桌子上放了一个纸箱。

“很高兴见到你，莉莉。我刚刚和比约克曼先生聊完，”她指着电话说，“他让我收到包裹后立即给他打电话。”她把箱子推给莉莉。“这是你的。打开吧。”

莉莉解开绳子，撕开箱子。她把里面的东西摊放到桌上。两块巧克力、一些苹果和梨、一双尼龙丝袜和一本《圣经》。

理事身体向后靠在椅子上，露出满意的表情。“比约克曼让我为你在贝尔加找一个家庭。”

莉莉翻看《圣经》，失望地发现是瑞典语版本——她一个字也看不懂。

“我看到你还带着比约克曼一家送你的礼物。”

莉莉将手放在银色十字架上。“嗯。”

“比约克曼托我向你转达他们的爱，并让我告诉你他们会记得为你祈祷。他们很开心你能与母亲取得联系。如果我让你和一户很棒的天主教家庭共度周末，你觉得怎么样？”

时机终于来了。莉莉并不打算拐弯抹角或者把问题复杂化——她决定单刀直入。“我恋爱了！”她宣布。

理事一惊。“这和我说的事情有什么关系吗？”

“我需要帮助，求你了！我和一个男人恋爱了，他马上就要从阿维斯塔转到赫戈勃了。我想去探望他。我必须去！”她终于说出来了。莉莉拼尽全力恳求。

理事摘下眼镜，使劲眯起眼睛，用手绢擦擦镜片。她一定有很严重的近视。“就是上个礼拜从阿维斯塔消失的两个男人中的一个？”

这话听起来带有一丝敌意。

“对，但他们事出有因……”莉莉开始解释。

“我决不允许这种行为。”理事说。她戴回眼镜，看着莉莉。

“我爱他。他也爱我，”莉莉固执地说，“我们想结婚。”

理事大吃一惊。她需要消化一下这个新信息。“你们是怎么认识的？”

“通过写信！我们从九月份就开始互相通信了。”

“你们见过彼此吗？”

“几个星期前他来过埃克舍。我们在一起待了三天。我要做他的妻子。”

理事拿过《圣经》，翻阅起来。她在拖延时间。当她抬起头时，表情十分痛苦，莉莉甚至觉得她有些可怜。

“这肯定是在开玩笑。才写了四个月的信你就打算嫁给一个陌生人？我还以为你是个有理智的人。”

莉莉失望地意识到她不可能说服这个女人。她决定做最后一次尝试。“你结婚了吗？”

“这完全不相关，”理事合上《圣经》，摘下眼镜，低头望向自己纤细的手指，“我之前有过一个未婚夫。他令我大失所望。一次痛彻心扉的体验，但是令我大失所望。”

第十五章

埃米尔·科隆海姆在斯德哥尔摩的家很难用温馨舒适来形容。家里深色厚重的家具却先后为拉比的祖父、祖母和父亲服务过。巨大的窗户上挂着严重褪色的破旧窗帘，大概已经有一百多个年头了。拉比在这里有十足的安全感。他从未想过要把这里粉刷一新或是搬到其他地方居住。

厨房里似乎永远堆着脏碗。科隆海姆太太也早已习惯了鲱鱼的味道，然而每每有拜访者来到家里，还是会被这难闻的芥子气味道熏得够呛。拉比总会用干净的新盘子盛鲱鱼，这也成为夫妻俩常常吵架的源头。

科隆海姆太太坐在厨房里，眼睛盯着四周十多个油乎乎的盘子。

“听听这个，”拉比坐在餐桌前冲她喊，“‘莉莉甚至想要放弃犹太信仰。她和那个用情书魅惑她的男人打算一起改变信仰。那男人还患有严重的肺结核。最离谱的是，他还称在斯德哥尔摩认识主教——我确定他肯定是在撒谎。求求你了，拉比，请你想想办法！’”

拉比看也不看盘子，心不在焉地将鲱鱼放进嘴里，大声读信。

“谁写的？”科隆海姆太太从厨房里嚷道。

拉比惊讶地发现腌鲱鱼的咸汤渍迹在桌布上形成了一个奇怪的形状。

“一个圆脸长着小胡须的女孩，名字叫……”他看看被油渍浸湿的信封，“叫朱迪·歌德的女孩。”

科隆海姆太太知道她迟早都要去洗碗，想到这儿她有些不开心。“你认识她？”

“嗯，几个月前在埃克舍见过。我们就苍蝇的问题聊了聊。”

“毫无疑问，又是你那些警醒故事。”

拉比又啃完一条鲱鱼。他咂咂嘴。“她本意是善良的，只是有些情绪化。哭的时候也毫不掩饰。”

“谁？”科隆海姆太太叹气。

“这个女孩，朱迪·歌德。她的内心深处，隐藏在心底的想法，你知道吗？”

他妻子再次站起来收拾，闷闷不乐地把盘子放入一个大碗里。

“不知道，你说给我听。你这么聪明。”

“她很难过，内心焦虑、困扰，”他拿起信说，“她内心深处就是这样。这是她寄来的第三封信。她一直在讲她朋友的故事——可能不只是跟我讲。”

～

米克洛斯和一群忠实的朋友搬到赫戈勃一处两层寄宿屋里，距离斯德哥尔摩有两百公里远。迎接他们的是身材魁梧、肌肉发达的埃里克。埃里克穿了一身西装，他做自我介绍的时候说自己是这里的监管员，随后便向大家大声宣读住宿规矩。除了严格规定的用餐时间外，他对他们几乎无任何其他要求。他们每周需要到桑德维肯进行一次复查。父亲凭直觉认为整件事就是在浪费时间。

他上楼看到房间后更加沮丧了。二十个男人挤在三间屋子里，这就意味着每间屋里足足塞了七张床，这样的住宿更适合一家人周末短暂居住，并不适宜长期居住。衣柜已经被挪到了过道里。埃里克站在门口观察，他们闷闷不乐地各自选择好床，然后坐下将手提箱放到腿上。谁也没有急着打开箱子收拾。埃里克警告他们严禁在屋内吸烟，随后就消失了。

我们七个人挤在一间小窝里：拉希、哈里、约斯卡、利茨曼、雅克布维茨、法卡斯和我。我们暂时还没有柜子和桌子。不过幸运的是，这里有中央供暖。至于床嘛！就是草垫子，枕头和我在监狱里用的一样。

米克洛斯为自己选择了靠窗的床。他努力不让阴郁的环境影响心情。他收拾到他和莉莉在埃克舍的合影时，开心地吹起口哨。他把照片放到窗台上，靠在玻璃窗边。这样每天早晨醒来第一眼看到的就是莉莉的笑容。

～

这天下午，哈里和米克洛斯搭乘巴士前往小镇去拜访珠宝商。哈里将小提琴放到琴盒里一并带了去。埃里克提醒过他们珠宝商是一个刻薄的老男人。大门上方挂着一个铜铃，任何人走进来门铃都会发出响声。

出乎他们意料的是，珠宝商竟是一位系领结的白发绅士。

米克洛斯准备好了一套谈判策略。“我想买两个结婚用的金戒指。”

珠宝商露出笑容。“你知道尺寸吗？”

米克洛斯从口袋里掏出一个铜环。这个铜环是他从埃克舍的窗帘导轨上取下来的。正好是莉莉的尺寸。

“这个是我未婚妻的尺寸。另一个是我的。”

老人拿过铜环，估测了一下尺寸，随后打开身后柜子里的抽屉。翻找了一阵。

“喏！”说着拿起一枚金戒指。他从柜台里拿出测量仪，仔细比较两枚戒指直到满意为止，随后他把金戒指滑进口袋里。

“给我看一下你的手指好吗？”他问。

他抓过父亲的无名指，想了一会儿，又打开另外一个抽屉挑选了一枚戒指。“试试这个。”他把戒指递给父亲。

米克洛斯戴上。尺寸正合适。

我不喜欢黄金，一看到黄金我就不由自主地把它和一切奇怪、庸俗而又邪恶的情绪联系在一起。但我喜欢这两枚戒指，毕竟它会让你我血脉相通。

米克洛斯和哈里交换了一下眼神。现在到了最重要的时刻。

“你收多少钱？”父亲问。

男人深思熟虑了好一会儿。好像也在为这件小事牵扯出来的邪恶情绪而苦恼。“两百四十克朗，一对。”他宣布。

米克洛斯没有退缩。“我住在赫戈勃的寄宿屋里——是一家康复中心。”

老人抻抻领结。“我听说过那儿。”

“我希望你对我有信心。你看，我在那儿得到了一份重要的工作。”

“噢，工作。很好！”珠宝商冲他友好地微笑。

“对，我会有收入。按月拿工资。我预计能在四个月内攒下二百四十克朗。”

米克洛斯这么说不是空穴来风。那天清晨，在对糟糕的情形进行评估后，匈牙利小团体连手提箱都没顾得上放下，就立刻委任米克洛斯做他们的代表。他承诺会为他们站出来讲话。所有人，包括波兰人和瑞典人，一齐答应每个月会从自己的零用钱中挤出一部分钱付给米克洛斯，作为对他辛勤努力的酬劳。

老人看上去十分佩服他。但他不想被骗。“首先，恭喜你，年轻人。这会是一个很好的职业开端。但是，对我来说，我对我母亲发过严誓。我当时还很年轻，也许过于鲁莽。但你要知道，我的家族做这行已经有两百年了。我答应过母亲绝对不会给任何人赊账。也许这看起来太过铁石心肠，但你肯定也同意，凡是对母亲许下的诺言无论如何都要遵守。”

米克洛斯一开始还准备对他进行双面夹击，听了这番话后，却一个劲地认真点头。“我是匈牙利人。我要你看着我的眼睛。你没有把我当成骗子，对吗？”

珠宝商向后退了一步。“当然没有。如果是骗子，方圆一里地我都能嗅到。我敢说你绝对不是那种骗子。”

是时候了。米克洛斯踢了哈里一下。哈里叹气，将小提琴盒放到柜台上打开。他小心翼翼地将小提琴拿出来，递给老人。

“嗯，我估计你也不会给陌生人赊账，”米克洛斯不慌不忙地说，“我想把这个小提琴暂时放在这里做抵押，等我有了钱再赎回来。这把小提琴至少价值四百克朗。我希望你能收下它作为抵押。”

老人拿出放大镜，仔细观察小提琴。去年夏天，报纸曾报道过一则消息，一名从集中营幸存下来的青年小提琴家正在哥特兰岛疗养身体，瑞典交响乐团看到这则新闻后将小提琴赠予了哈里。它的价值远远超过四百克朗。就算是老人的母亲健在也一定会同意。

～

埃米尔·科隆海姆踉踉跄跄地从巴士上爬下来。由于车程过长，他的腿坐得有些僵硬。外面天寒地冻，又飘起雪花。拉比问到女子康复医院的位置后，便裹紧外套出发了。

～

米克洛斯在短短几天内就等到了机会，以证明自己被选为代表可谓实至名归。

他们坐在昏暗的餐厅里。十个匈牙利人、希腊人、波兰人和罗马尼亚人。他们算好时间，用汤匙愤怒地敲打桌子，身材魁梧的监管员埃里克听到声音匆忙冲进屋。

“绅士们，有什么问题吗？”他问，担心自己的声音被淹没在喧闹声中。大家安静下来。米克洛斯拿起叉子，站起身。

试想一下，亲爱的莉莉，我现在可能干了！我被选为我们小群体的代表。工作不多，可是每个月我能有七十五克朗的收入。

米克洛斯用叉子戳起一块土豆，举起来。“这土豆是坏的。”

埃里克尴尬地环顾四周。所有人都将目光聚集到他身上，他只好履行自己作为监管员的职责，他慢慢悠悠地走到米克洛斯身边，将鼻子凑到土豆前。“鱼的味道。有什么问题吗？”他问，努力不显露出任何表情。

米克洛斯把土豆当作证物一样高举过头顶。

“土豆是坏的。我们昨天就怀疑土豆坏了，今天再尝肯定坏了。”

一个希腊小孩站起来，即便在晚上他也一直把针织帽戴在头上。“我要写信向国际红十字会反映！”他用希腊语嚷道。

“别说话，提欧，”米克洛斯训斥他，“让我来处理。”他看着埃里克，恭敬地指向身边的椅子。“过来和我们坐在一起。”

埃里克有些犹豫。

“我想让你尝尝。”米克洛斯说，帮他把椅子往后拉出来。

埃里克谨慎地坐在椅子边缘。哈里已将盘子和刀叉递了过来。米克洛斯从叉子上取下土豆，放到空盘中间。

“祝你好胃口。”米克洛斯说。

埃里克沮丧地环顾四周。没有人表示同情。他咬了一口土豆。米克洛斯坐在他身旁，观察他咀嚼和吞咽。

监管员试图用土豆开玩笑：“尝起来有鲨鱼的味道。不过我挺喜欢鲨鱼的。真的很不错。”

“是这样吗？嗯，既然这么好吃，那就多吃点。”米克洛斯面无表情地说，随即又戳了一块土豆，放到埃里克的盘子里。

埃里克知道他必须把这块土豆也吃了。第二块更加难以下咽，不过他还是努力咽下去了。

“相信我，这土豆没有任何问题。一丁点问题都没有。”

“没有问题？好，继续吃，多吃点。”

米克洛斯加快速度。他继续往埃里克的盘子里堆土豆。这时，男人们全部站起来围着他。

我亲爱的，独一无二的莉莉，你肯定想象不到，监管员的脸变得煞白，他从头到尾一直英勇地坚持那土豆可以食用。

埃里克觉得应付这场面最好的对策就是尽快结束一切。所以他狼吞虎咽地将土豆吞下。“很好吃。不错。挺好吃，真的。”

不过现在他感到十分难受，每吃一下都要喝一口水。他勇敢地吃了一堆土豆。他的身体难受得左摇右晃，只能用手抓着桌子边缘防止摔倒。

米克洛斯扶住他的肩膀，试图帮他保持平衡。“如你所知，每一片土豆皮的钱都是由联合国支付的。请你不要把我们这些寄宿者当成乞丐，也请不要觉得你给我们煮土豆吃我们就要表示感激。”

男人们开始鼓掌。米克洛斯这番话，这语气，正是他们所期待的。他们付钱给米克洛斯，就是期望能听到这些话。

埃里克打了个嗝，捂紧胃。“你们误解了。”他慌忙辩解，胃部感到一阵剧烈的疼痛，随后瘫倒在地，为了不让自己叫出来，他的双手紧扣着地板。

第十六章

一百六十个女孩在贝尔加康复中心的餐厅里享用集体午餐，她们将所有桌子推到一起摆成三个长排。两个炊事员连同每周选出来帮忙的三个病人正在忙着为大家上菜。即使是这样，要想让所有人都吃上午餐少说也要一个半小时的时间。

负责人是个面无表情的女人——那位理事，她领埃米尔·科隆海姆走进餐厅。虽说拉比早就习惯了弥漫在这种地方单调乏味的军事化气氛，可一走进来他还是感到莫名的压抑与沮丧。他要了一间紧邻餐厅的屋子。

朱迪·歌德和莉莉、莎拉一起坐在远离大门的位置上。她似乎预感到周围气氛的转变。她说不清为什么会有这种感觉，她向门口瞟了一眼，这时，大门正好打开——拉比出现在门口。

朱迪脸色煞白，开始冒汗。她努力将注意力放到浸在汤里的汤匙上。

理事走过来，在她们身旁驻足。朱迪几乎快将脑袋埋进碗里了。

“有人找你。”她说，语气仿佛在说一件秘事。

朱迪抬头。她感到奇怪，竟然没有人听到她慌乱的心跳声。

“找我？”莉莉问，然后站起来。

“从斯德哥尔摩过来的科隆海姆拉比。他想和你聊聊。”

“拉比？从斯德哥尔摩过来的？现在？”

“他的时间很紧，要赶下午两点的火车。”

莉莉放眼望去，目光掠过人群，埃米尔·科隆海姆站在过道，冲她友好地点点头。

餐厅旁边有一个小屋，透过送餐窗户可以直接看到餐厅的情况。朱迪坐得笔直，不时忍不住朝那边偷瞟。她看到他们做自我介绍，然后在桌前坐下。朱迪浑身发抖。她放下汤匙。她确信教士不会出卖她，内心却陷入了无限的内疚。

拉比把怀表放到小屋里的桌子上。他一直依赖于指针创造的安静氛围。他们静静地听了一会儿表针转动的声音——莉莉并不打算打破沉默。

科隆海姆觉得嘀嗒嘀嗒的声音已经营造出他想要的效果了，于是往前靠靠，盯着莉莉的眼睛。“你抛弃了上帝。”

指针一分一秒地转动。莉莉没有问这个陌生人为什么会知道她的心思，倒是自己，并没有为这个人敏锐的洞察力而感到惊讶。“不，是上帝抛弃了我。”

“没有必要对这个问题咬文嚼字。”

莉莉不停地摆弄针织桌布。“你为什么会那样想我？”

“眼下这个并不重要。我就是知道，”拉比换了个姿势，椅子嘎吱作响，“你是不是还有个十字架？”

莉莉脸红了。他怎么知道？她摸摸兜里装十字架的信封。自打到了贝尔加以后，她只戴过一次，就是那次去理事办公室恳求批准的时候。不过也没起到什么作用。

“嗯，对，我有。别人给的礼物。你有意见吗？”

“怎么说呢，不是很开心。”他难过地说。

指针嘀嗒嘀嗒地转动。

“听着，莉莉，我们每个人都有这样或那样的困惑。有的大一些，有的小一些。但这并不意味着我们就要背弃自己的信仰。”

莉莉在桌子上重重一拍。怀表像皮球一样弹了起来。“你经历过吗？你和我们一起经历过吗？”莉莉轻声说，握紧拳头，浑身僵硬，“我们被关在牲口货车上的时候，你又在场吗？”

拉比指向窗户另一边餐厅里的女孩们。“我不能说这是一种考验，那是对你的侮辱。尤其在你遭遇过这么多不幸以后，我不敢对你说那样的话。上帝抛弃了你——也许是这样。也许不是——我对上帝也有意见。很生气。我也不会原谅他。他怎么可以这样对我们？对你！对她们！”

他收起怀表。此时怀表已经没什么用处了。他起身时撞倒了椅子。他没有理会，开始在屋里踱步。两面墙之间只有四步之遥。他的脚抬起、落下，情绪激昂地挥舞着手臂。

“是的，绝对不可饶恕。我，埃米尔·科隆海姆拉比，承认这些。但是……但是！几百万的同胞失去了生命。几百万人被肆意屠杀，像屠宰场的动物一样。不对，动物受到的待遇都比我们犹太同胞强。但是，我必须大声说，几百万的同胞现在还尸骨未寒啊！我们甚至还没有完成对他们的祷告。你就想要抛弃我们？你忍心抛弃我们吗？不用对上帝公平，他不值得。但是想想数百万死去的同胞吧，对他们公平一些。你没有权利抛弃他们。”

在餐厅一角，朱迪·歌德看到科隆海姆在屋里愤怒地来回踱步，情绪激动地大吼大叫。幸好在里面的不是自己。至少在这里，她只用忍受回荡在餐厅里的低声喧哗、汤匙碰击碗盘时的嗡嗡声响，还有女孩们的窃窃私语。然而，她却没了胃口。仅仅想到碗里的意大利烩饭变凉了都让她感到恶心。

～

亲爱的米克洛斯：

今天有个从斯德哥尔摩过来的拉比跑到这里对我

进行道德说教。他到底是怎么知道的这些事情？会不会是你认识的那个主教告诉他的？

米克洛斯被这封信的内容刺激到了，他决定立即采取行动。拉比和莉莉的谈话使情况变得越发复杂，他决定用最简捷快速的方式解决这件事情。他查到最近一个教区的电话号码。他认为越不起眼的教区，越不会小题大做。乡下的神父肯定比大城市里的主教更容易说服。

他在电话上讨论了所有细节，几天后，他乘坐巴士从赫戈勃前往附近的村庄耶夫勒。

他在耶夫勒找到一个简朴的木制教堂，教堂看上去很友善，正是他暗自期望的样子。光从走廊上方的窗户里洒进来。神父约摸八十多岁，脑袋不停地摇晃。为了准备今天的见面，米克洛斯前一天特意跑到赫戈勃公共图书馆埋头研究教会法规。这样做非常值得。他向神父解释为什么他和莉莉身为犹太教徒却希望在这间教堂里结婚，当他提到 *Congregationes religiosae*①的时候，老人的眼中闪烁着泪光。

“你怎么会知道这些事情？”

米克洛斯没有回应，他露出一种可以说是骄傲的姿态。“最主要的是，最好不用繁琐的庄严宣誓，我和未婚妻只需简单宣

---

① Congregationes religiosae 是天主教体制内的宗教团体。

誓，只要能将我们和天主教信仰系在一起就可以了。”

神父的双手也在不停地颤抖。他拿出一块手绢擦擦眼睛。“你炽热的情感深深打动了我。”

米克洛斯趁热打铁，开始引经据典起来，一行接一行，全部引自教会文献。“如果我说错了请纠正我，神父，我知道简单宣誓是单向的。它能将宣誓人——我和我的未婚妻——与教堂系在一起，但不能让教堂与我们相连。相反，严肃宣誓的联系是相互的，也就是说任何一方都不能打破。

“你是怎么知道这些的？”

“我们对转变信仰这件事看得很认真，神父。”

老人吃力地站起来，开始大步迈向圣坛。米克洛斯几乎跟不上他的步伐。神父拿出一本巨大的皮边书，将钢笔沾进墨水里。墨水竟是绿色的，米克洛斯看得出了神。

“你把我说服了。我相信你是认真的，这一点毫无疑问。我要把你的详细情况记下来。你要告诉我你未婚妻什么时候可以从贝尔加过来。一旦定下日期我就立即为你们安排洗礼仪式。我想特别说一点，米克洛斯，在我整个神父生涯里，从未遇到过像你们这样感人的信奉热忱。”

～

米克洛斯和莉莉之间的通信更加频繁了。有时会一天连写两封。新年前夜，米克洛斯一个人回到房间里。他不想和寄宿屋的男人在楼下餐厅里喝到烂醉如泥。他躺在床上，把莉莉的照片放在胸前，发誓一定要活下去。他嘴里不停地叨念这句话，直至入睡。天快亮时，哈里和其他人摇摇晃晃地回到屋里。他们发现米克洛斯正和衣仰卧在床上，手里抱着莉莉的照片，泪水顺着脸颊往下流。

亲爱的莉莉：

该死的《透过瑞典》！我发布告示之前明明都检查好了，他们却犯如此低级的错误。竟然把名字搞混了！告示上说，你向我求婚！我一点都不想把告示寄给你。

～

贝尔加的新年前夜，莉莉演奏钢琴，莎拉唱歌。她们之前排练了几首小歌剧里的歌曲——《查尔达什舞曲女王》的《彼得哈耶马斯》取得了巨大成功，她们当作安可曲表演了三遍。当晚剩下的时光里，气氛变得越发沉闷。乐队三人组演奏了几首曲子，很多女孩随着音乐翩翩起舞，一些人难过地流下了眼泪。晚餐时，康复中心给每人发了一升红酒。

今天吃午饭的时候我想到了你，因为我们吃的是西红柿酱，我知道你爱吃！啊，我是那么的爱你，我的小甜派。

～

男人在新年这天许下新年决心。自打七月份医生批准鲍尔·雅克布维茨下床以来，他每顿饭都要在兜里偷藏一块面包。他知道这样做很愚蠢；毕竟面包随时都有。然而这种行为更多是习惯使然。一九四六年一月一日，他决心从这天起再也不往兜里塞面包。哈里发誓除非是遇到真正让他心动的女孩，否则他再也不会随便和女孩搭讪。利茨曼决定移民到以色列生活。米克洛斯决心回到匈牙利后立即开始学习俄语。

我们一起做白日梦的时候，我们天马行空地胡思乱想，我们想的不只是寻觅爱情。我们一起畅想未来的生活与工作，畅想如何发展今后的事业，如何为人民、为社会做出贡献。

贝尔加新年的早晨，匈牙利女孩高唱起国歌。

我独一无二的、亲爱的米克洛斯：

你什么时候去斯德哥尔摩看牙医呢?

~

米克洛斯搭上前往桑德维肯的大巴，大约半个小时的路程。他独自坐在巴士上。那一年是近几年来最冷的一个冬天——气温达到了零下二十一度。车窗被厚厚的冰霜包裹着。巴士外面看上去像是覆盖了一层锡纸。在银装素裹下分外耀眼。

回到家乡后，我只想为左翼报社工作，如果找不到任何报社，我会换一个职业。我受够了资产阶级的一切。

同一天清晨在贝尔加，莉莉不想起床。直到中午，莎拉和朱迪才强行把她拖下床。她们甚至帮她穿好衣服，像对洋娃娃一样。她们找来雪橇，把莉莉放到上面，轮流拉着她在主路上滑上滑下。

我亲爱的米克洛斯:

我从未像现在这样思念过家乡。如果此刻能让我飞回家，我愿用十年的生命交换。

米克洛斯坐在大巴里就像银色包装盒里被遗忘的巧克力一样。他忘记了外面的世界。引擎嗡嗡作响。车上很温暖，车灯投射出魔幻的光，他坐在弹簧椅上颠簸摇晃。他把手插进兜里，摸到一个又细又尖的东西。

我在兜里找到一支米茨六号的大红色口红。是我之前买的，结果忘记寄给你了。我很快就可以把它当面交给你了。首先我们要试试看这个口红会不会留下吻痕。好不好？

莉莉坐在雪橇上滑翔。这回换莎拉和朱迪一起拉她。她们下决心要哄莉莉开心起来，希望这清新冰冷的寒风能为她赶走消极的情绪。

你的来信就在我面前，我已经读了不下二十遍。每读一遍都有新发现，每一秒钟都让我越发疯狂地迷恋你，心里满满的幸福。

我太爱你了！！！

昨晚的梦一直在我脑中挥之不去。梦境十分清晰。我们回到家里。妈妈和爸爸在火车站接我。你没有和我在一起。只有我自己。

在梦里，莉莉回到了布达佩斯的凯莱蒂车站。站台上人山人海，都是等候的人，谁也没有推搡拥挤。人们僵硬地站着，眼神呆板，直勾勾地望向前方。梦里唯一的动态是远处徐徐驶来的蒸汽火车，火车缓缓进入有顶站台。人群笼罩在火车烟雾里。烟雾散去后，在一片灰蒙蒙的黎明曙光之中，乘客开始下车，手里提着沉重的行李箱。那些等候他们的人，大概有几百人，又或是几千人，他们站在那里一动不动。

莉莉穿了一件红色波点裙，头上戴了一顶宽边帽子。她发现母亲和父亲面无表情地站在人群中。她开始奔跑，却怎样也无法靠近他们。她拼尽全力奔跑，嘴越来越干，她几乎无法喘气。她无法触碰到他们。他们之间的距离不过十米远。莉莉从母亲黯淡的眼神里可以看出她的沮丧。好在父亲在冲她欢笑。父亲张开双臂，想要拥抱他的宝贝女儿，可是莉莉却怎样都无法靠近。

～

桑德维肯的 X 光室十分狭小；小到只能放下照射仪器。米克洛斯把 X 光仪器视作自己的宿敌。他无数次将狭窄的肩膀按在仪器玻璃板上，现在哪怕只是瞟一眼，心中都会涌起无比强烈的憎恨之情。

他闭上双眼，试图赶走厌恶的情绪。

米克洛斯无法与新医生艾琳·哈默斯特伦建立起像和林霍尔姆一样的亲密关系——即使艾琳是一位富有同情心、说话温柔、举止优雅的美女。她总是用探询的目光望着米克洛斯，仿佛想要了解他内心深处的秘密一样。

这会儿，她站在窗边，将X光片放到灯下。米克洛斯继续玩自己的老把戏。他将身体重量全部放到椅子后腿上，然后翘起前腿。他没有看她。他将椅子翘得越来越高，越来越不稳定。

“我无法相信自己的眼睛。”医生倒抽一口气。

这时每一毫米的变化都尤其重要。一旦计算失误，他就会像击倒的保龄球一样砰的一声摔倒在地。

艾琳·哈默斯特伦没有浪费时间。她走到桌旁，从档案里抽出一张之前拍的X光片。她回到灯箱前开始比较两个图像。“看，这是六月份的片子。斑块有拇指那么大。”她对米克洛斯说，米克洛斯又将椅子向后仰了一些。

椅子倾斜的高度已经达到极限。他双脚悬在空中，努力保持平衡。

“这是今天的片子。几乎看不见斑块了。太不可思议了！林霍尔姆医生怎么和你说的？”

米克洛斯的平衡点达到极限。经过那么多次练习后，他终于能像一只俯冲前静止不动的猎鹰一样，悬浮于天地之间。

“他说我只有六个月的生命。”

“这话虽然残忍，却是事实。换作是我当时也不会得出其他结论。”

米克洛斯的个人特技表演还没有结束。“这话是什么意思？”

“看完这张最新拍的 X 光片，我不是很确定了。”

“什么意思？”

“现在，我也许会给你一些鼓励。告诉你继续保持这个势头。你发烧的情况怎样了？黎明时分发烧的症状？”

特技表演结束，在这片神奇的土地上完美谢幕，虽然五秒钟的奇迹本可以持续更久。米克洛斯向后一仰，狠狠摔到地板上。

“上帝啊！”艾琳扔下 X 光片，慌忙跑到他身旁。

米克洛斯的后脑勺被重重地磕了一下，脸上却挂着笑容。“没事，没事。我跟自己打了个赌，没什么。”

米克洛斯咧嘴傻笑，医生看到她的病人那一口糟糕的金属假牙，当即决定帮他联系当地牙医中心，并为他写一封推荐信，希望他们能够帮助这个优秀的匈牙利小伙，最好再打个折扣价，甚至提供免费服务。

~

这是值得纪念的一天。米克洛斯回到寄宿屋，发现男人们早已在楼上等候他，他们笔直地站在那里。米克洛斯想不出他们是怎么知道自己正在康复的消息的。他们脸上闪烁着骄傲与喜悦的神情，他猜一定是这个原因才让他们如此开心。他在床上坐下，静静等候。

男人们开始哼唱贝多芬的《欢乐颂》。

当庆祝的谜底呼之欲出时，当哼唱团唱到《第九交响曲》的最高音时，当米克洛斯闭上双眼仰靠在床上翱翔于音符之间时，哈里拿出一份报纸。他什么话也没说，静静地把报纸举到米克洛斯面前。

报纸上赫然印着一首诗。在《透过瑞典》的第三页。瑞典语。斜体字。*Till en liten svensk gosse*(《致一个瑞典小男孩》)。诗的上方印有诗人的名字：米克洛斯。

～

米克洛斯创作诗歌的时候，总是先在脑中想好所有诗句。几天后，抑或几周以后，当他觉得诗歌成型时，唯一要做的只是把创作好的诗歌写出来。

他只用了十分钟就完成了这首诗的创作。他坐在船上的长椅上，咀嚼着饼干，细细品味覆盆子与香草的味道。船鸣起汽笛，缓缓驶离岸边。女人们推着自行车，目送船只远去；谁也没有动。那个接收他的国家就在前面不远处，近在咫尺，没人知道知道他会在那里待上多久。米克洛斯觉得应该做点什么来回报女人们的甜点。他要为瑞典儿童写一首诗。给他们一些人生建议，从他经历过的那些地狱般的遭遇里汲取积极的能量，给他们一些忠告。

他在嘴中细细咀嚼饼干，酥软美味，同时开始在脑中拼凑前两行诗句：“小兄弟，你尚不知道，耕犁在额头刻下深邃烙印。”一个六岁的金发小孩浮现在他眼前，这首诗为他而作，小孩紧紧抱住泰迪熊，目不转睛地望着他。一个瑞典小男孩。

灵感如潮水般涌出。对米克洛斯来说记住这些诗句远比创作它们要难得多。船才调头开到外海，这首诗就已经创作完成了。

小兄弟，你尚不知道，
耕犁在额头刻下深邃烙印。
这里，北方的夜，月光是那样皎洁，
你看到飞机在星光中穿梭，
你不知晓什么是空袭警报，你也不曾听说何为炸弹，
你更无从体会影片中的逃生景象在现实里的真实模样——
世界的纷扰不会被恶浪洗尽，孩子们即将远离苦痛。

在这里，你有衣服穿，有肉吃，有面包券领；

你常常无忧无虑地玩耍，小兄弟啊！

可是那些与你同龄的小伙伴，他们枯瘦的身躯却在熊熊烈火中焚烧，

充饥面包少得可怜，死亡之神看到也会狡黠微笑。

你们长大以后，

成为善良爱笑的金发巨人，

所有泪水终将烟消云散，

终有一日，始龀之年也会成为过去，幻化成模糊记忆。

如果你缅怀这该死的年代，

请记住那个苍白无力的小男孩——

他的玩具是手榴弹，

他的守护者是杀人凶器。

如果你有儿子、弟弟，请教会他，

这世界的痛楚从来不是用枪支、左轮手枪、甚或远程火箭来减轻。

小兄弟，如果你在玩具店，请不要为孩子购买士兵模型；

在白色的玩具架上挑一些积木吧，

让他在童年时光学会建造，而非杀戮。

哈里拍拍米克洛斯的肩膀。“我是你的职业发展负责人。我猜你一定会同意，所以把这首诗寄给了瑞典报社。我让他们把诗翻译成瑞典语，还交代他们不要交给老派翻译做，因为这是由一个伟大的匈牙利诗人创作的。也就是你。这大概是三个月以前的事。今天早晨它就在报纸上出现了。我看了一遍翻译。翻译得不错。”

其他人仍笔直地站在那里，嘴里哼唱着《欢乐颂》。米克洛斯站起来拥抱哈里，他强忍住泪水。流泪对伟大的匈牙利诗人来说可不是什么好事。

~

这真是具有重大意义的一天——正如米克洛斯之前发现的一样。

夜未央。有人在屋外垂门，大喊米克洛斯的名字——是找他的电话。米克洛斯从睡梦中惊醒，一时间竟未反应过来自己身在何处。他穿着睡衣迷迷糊糊地走到接待处，心怦怦地跳。

“我把你吵醒了吗？”电话另一头传来一个陌生的声音。

“不要紧。”

“不好意思。我是斯德哥尔摩的科隆海姆拉比。有件重要的事情想和你谈谈。”

米克洛斯双脚冰凉；他把一只脚的脚板贴在小腿肚上取暖。“我在听。”

“不是在电话上说！想什么呢？”

“抱歉。”

“听着，米克洛斯，我早晨会从斯德哥尔摩坐火车到桑德维肯。我只有两个小时的时间，然后就要搭火车返回斯德哥尔摩。咱们找个折中地方见面吧。”

“如果你愿意，我可以和你在桑德维肯见。”

“不，不，我坚持在中间和你见面。奥斯坦宾可以吗？”

奥斯坦宾是坐巴士从赫戈勃到桑德维肯方向的第一站。米克洛斯总会路过这里。

“具体在奥斯坦宾哪个位置？”

“下车后朝桑德维肯方向走。第一个路口右转，然后继续往前走，直到看见一座木桥。我就在那里等你。明白了？”

“好，”米克洛斯有些恍惚，“可以再告诉我一遍你的名字吗？”

“埃米尔·科隆海姆。那么早晨十点木桥见。别迟到。”

拉比挂下电话。米克洛斯方才意识到一切发生得太快了，听筒在他手中嗡嗡作响，他忘记问拉比想要和他讨论什么。

～

米克洛斯按照拉比的指示在奥斯坦宾下车。他在第一个路口右转，大步流星地往前走了约二十分钟，随后看到一座木桥。木桥尽头一个穿着黑色齐踝长袍的男人正坐在大石头上。竟然有人在冰天雪地里坐得如此安宁，米克洛斯十分惊讶。事实上，那人看上去像是在夏日享受湖边野营一般轻松。

"有什么好消息吗？"拉比在木桥另一头兴奋地喊。

米克洛斯停下脚步。岂止是好消息，简直再好不过了。谁知道那个奇形怪状的家伙在说什么？

"科隆海姆拉比吗？"

"还能有谁？你说的那个主教是谁？就是你向莉莉许诺要帮她联系的人？如果恰巧是斯德哥尔摩的主教，我和他十分熟悉。他是个非常有人格魅力的人。"

莉莉曾在信中提到有个什么拉比跑去对她进行道德说教，这段记忆突然在米克洛斯的脑海中闪过。对啊，就是那个埃米尔·科隆海姆拉比！米克洛斯瞬间明白了一切！拉比过来肯定是为了责难他。见他的鬼！千里迢迢赶到这儿竟是为了挨骂。

"我们现在不需要主教了。"

"我肯定你找到别人了。"

这座木桥至少有三十米长。一棵棵千年古松屹立在两旁，守护着桥下的涓涓溪谷，枝头的皑皑白雪在寂静中分外闪耀。

四周没有一丝微风飘过，亦听不到任何鸟鸣声。唯一打破这乡间美妙寂静的只有他们两人的叫喊声。

“猜得没错，拉比。是一位住在耶夫勒了不起的老人。他会为我们施洗。”

在木桥另一端，科隆海姆拉比用手指梳理了一下自己那头硬鬈发。“莉莉现在对这个愚蠢的想法没兴趣了。”

米克洛斯觉得到了该与面前这个男人正面交锋的时候了。他走过木桥，摊摊手。“她在信里可不是这么说的。”

“她都说什么了？”

“她说一个从斯德哥尔摩过来的拉比对她劈头盖脸就是一通说教。不晓得他用了什么鬼方法嗅出了我们的意图。大概就是这样。”

“你可爱的未婚妻永远也不会用这种挖苦的语气说话。嗅出你们的意图，这倒不假！不过我可不是什么侦探。”

“说真的，拉比，你是怎么知道的？我们从未向任何人提过此事。”

科隆海姆拉过米克洛斯的胳膊，与他并肩走向桥中间。他倚在栏杆边，凝视桥下的风景。

“你见过这样壮丽的景色吗？上百年了，这景色一直没变过。甚至是上千年的时间。”

溪谷怪诞的景色令人印象深刻。四目所及之处都是密密麻麻的松树，冰莹的糖霜洒满每个枝头。

米克洛斯觉得是时候跨越最后一道障碍了。“你看，在战争打响以前，我还把它当作一种逃避的方式。然而现在，这完完全全是我深思熟虑后独立做出的决定。”

科隆海姆没有看米克洛斯。他被神奇的大自然所折服了。“这里的景色绝对是未经破坏的纯粹原生态。”

“我想的是我们未出世的孩子应该拥有的命运，”米克洛斯说，下定决心继续讲，“无论何时何地，我都不信奉任何神教。我是无神论者，随你怎样鄙视我都可以。但是我想让你知道，我们今天说的这些话完全与懦弱无关。”

拉比一副一个字也没有听进去的样子。“这一切从很久以前就存在了。拿这座桥举例吧，设计之初是为了让人们更好的欣赏风景。他们却选择用木头建造这座桥。你有看到其他材料吗？钢、玻璃，或是铜？你看不到，对吗，孩子？”

“你想和我讨论的就是这个吗，拉比，奥斯坦宾的木桥？”

“这是其中一个问题。”

米克洛斯受够了这些哑谜。就在他刚要解开所有疑虑时，这个有着一头硬鬈发的男人出现了，竟然跑过来和他说教，还讨论起乡下的原始风景。他理解拉比，他当然理解拉比。几千年的历史——你说呢！但是，倘若莉莉想要转教，他一定会为她扫除挡在面前的一切担忧与疑虑。

他鞠了个躬。“很高兴认识你，科隆海姆拉比。我们下定决心了。谁劝也没用。再见。”

他大步往来时的方向走去。走到桥的另一端时，他转过身。埃米尔·科隆海姆拉比像是一直在等待他做这个动作。拉比从大衣兜里拿出一封信，在手里挥舞着。

“我讨厌自己这么做，”他嚷道，“不过经文上说……也许那上面什么也没说。不管怎样，重要的是，我想和你做笔不怎么光彩的交易，孩子。”

米克洛斯困惑地看着他。

“过来看看我手里拿的是什么。”拉比将信高举在空中。

米克洛斯不愿意走回头路。

“我写了这个申请——是我发自肺腑写的，至情至深，任谁看了眼眶都会湿润。你把它签了，我今天就带回斯德哥尔摩。他们会同意的，根本用不着担心。不过有一个条件：我希望在犹太教的会堂里面主持你们的婚礼。当然，肯定是在犹太彩棚下。我会支付服装费、婚礼费，还有婚礼上接待朋友的费用。婚礼后，红十字会会给你们这对新人提供一个自己的住处，比如在贝尔加。

米克洛斯接过信。信是用瑞典语写的。米克洛斯能看懂地址，是寄给红十字会斯德哥尔摩总部的。

“他们不管这种事。”

“不，他们管。他们会为此感到骄傲。他们会扫除一切障碍，趁机大肆渲染。他们会把这个故事发表到报纸上。两个曾经面对死亡的年轻人，在他们的赞助下，排除一切艰难险阻努力获得重生，承诺一起共度新生活。对了，你的医生怎么说？”

“说什么？”

“你的肺结核。”

“这个你也知道？”

“那是我的职责。不然还怎么领工资。”

“我的病越来越好了。肺上的小洞正在钙化变小。”

“谢天谢地！”科隆海姆上前拥抱米克洛斯，“就这么说定咯？”他轻声说。

米克洛斯态度软下来。他已经开始在脑中构思写给莉莉的信了，他准备向莉莉解释说一个成年人——特别是这个人如果是一名社会主义者——就不应该纠结于微小的宗教问题。

第十七章

一切进展得十分迅速。正如拉比承诺的一样，他得到了全部相关许可。不到两个月的时间，莉莉和米克洛斯就站在了斯德哥尔摩犹太教会堂的彩棚下。科隆海姆支付了莉莉婚礼上穿的白色缎面裙以及米克洛斯晚宴上穿的西服外套的费用，并为他们安排了婚礼后的招待宴。瑞典国王古斯塔夫五世也为这对曾经险些在集中营里丧生的年轻夫妇发来道喜贺电，庆祝这对新人即将为爱许下至死不渝的誓言。

一九四六年二月，米克洛斯在牙医诊所的椅子上受了好几个星期的罪。科隆海姆坚持让他把一口金属牙替换成烤瓷牙。

“亲你的时候一定不怎么好受，孩子，”有一天他说，“我一直在跟教会的人商量，他们一致决定要为你筹集资金支付牙医费用。他们在三天内集到了六百克朗。我一直在联系一位医术一流的牙医。这是他的地址。”

～

埃米尔·科隆海姆本来已经摩拳擦掌，等得迫不及待了。他果真把这件事情做成了。可就在婚礼前，三月初的时候，一位访客的不期而至让他觉得多少有些扫兴。

一切由两声响了许久的急促门铃声开始。拉比正在吃鲱鱼，如往常一样，边吃边聚精会神地看美国漫画，不时还发出咯咯的笑声。他的妻子为访客开门，请她进屋，访客涣散的神情着实吓了她一跳，她请访客进入客厅的时候甚至忘记帮客人脱掉外衣、毛皮帽，还有脚上沾满积雪的胶鞋。拉比根本没有注意到她的到来，他从腌制盐水里又提起一条鲱鱼。

科隆海姆太太克制住想要上前打他手阻止他继续吃鲱鱼的冲动。“有人找你。”她啧了一声。

拉比尴尬地站起来，手在裤子上擦了几下。科隆海姆太太发出一声惨叫：“你的裤子！我的天啊！”

年轻女士的上嘴唇还挂着几片雪花。她看上去像是女版圣诞老人一样。

“啊，是一直和我通信的朋友！请坐。”科隆海姆说着请她坐下。

朱迪直接坐下，连大衣纽扣都没顾得上解开。科隆海姆太太小心翼翼地走进厨房。

“我在贝尔加见过您，拉比。谢谢您没有出卖我。”

“要不要吃点腌鲱鱼？”他问，于是把一盘鲱鱼推到她面前。

“不用了，谢谢。我不喜欢吃鲱鱼。”

“腌鲱鱼有什么不好的？里面富含各种维生素。全是生命所需的营养。对了，我为什么要出卖你呢，亲爱的朱迪？你在最后关头给我的消息很及时，我感激还来不及呢。”

朱迪胶鞋上面的雪开始融化。

“不对，现在才是最后关头！”

“我的老天，你大老远跑到斯德哥尔摩就是为了告诉我这些？”

朱迪拉过拉比的手。“我们必须救救莉莉。”

“救她？从谁手里救？救什么？”

“结婚啊！我简直不敢相信。我的朋友竟然想结婚。”

科隆海姆想把手抽回，无奈她攥得太紧了。“爱情是一件很美好的事情啊，”他说，“婚姻对爱情来说是一份誓约。”

“可是想和她结婚的男人是一个无赖、婚姻骗子。”

“老天爷，这可不能乱开玩笑。你凭什么这么认为呢，朱迪？”

科隆海姆太太端上她自制的香草饼干和茶水。

拉比讨厌吃甜的东西。“喝点茶。放轻松。如果你不介意，我还是继续吃我的鲱鱼。”

朱迪的注意力完全不在饼干或是茶上。她也根本没有注意到一旁温暖了整间屋子，点亮屋内气派家具的瓷砖火炉。她甚至连围巾也没有摘下。“听我说，拉比。您什么都不知道，所以请听我说。您能想象吗？那个男人有所有在瑞典康复中心里养病的匈牙利女孩的姓名和地址。”

“我能想象得出。”

“那么现在请想象一下，他坐在那里给每个女孩都写了一封信。您明白吗？给每个女孩。”

“我看到了一个意志坚定的男人。”拉比说，又拿起一条鲱鱼。

“每封信的内容都一模一样。全是一样的让人恶心的甜言蜜语，就跟用复写纸写出来的似的。他跑到邮局把所有信全部寄了出去。您想象得到吗？”

“哦，不是真的吧。你从哪儿听说的？”

朱迪·歌德露出得意的表情。终于等到这一刻。她从包里拿出一封皱皱巴巴的信。“看看这个。我也有一封。去年九月份寄来的。当然，我根本没打算回信。我一眼就看穿了他的把戏。您又怎么解释呢？莉莉收到的信和这封一模一样。我看见了，也读过。唯一不同的只有名字。您可以自己看看。”

科隆海姆将信纸抚平，开始仔细阅读。

亲爱的朱迪：

也许你早已习惯每次讲匈牙利语时都会有陌生人过来和你搭讪，搭讪理由不外乎是称他们也是匈牙利人。有些时候我们这些男士的表现可以说相当失礼。好比现在，我就打着和你是同乡的幌子，对你直呼其名。我不知道你在德布勒森是否认识我。在祖国下令让我“自愿”成为强制劳工以前，我曾为《独立报》工作，我父亲曾在甘布赖纳斯庭院经营一家书店。

“非常奇怪。”拉比摇摇头，评论说。

朱迪濒临哭泣的边缘。“莉莉还想把自己的人生风帆与这个骗子系在一起。”

科隆海姆出神地把鲱鱼放进嘴里。“人生风帆。多么美妙的表达。人生风帆与之相连。”

～

五十多年以后，我问莉莉，我的母亲，她决定给米克洛斯回信的一瞬间究竟是怎样的心情，她在封存的记忆中搜寻了许久。

“我不记得具体情景了。你知道的，那年九月，救护车把我从斯莫兰斯泰纳送到埃克舍后，就在我被勒令卧床休息的第二个星期，莎拉和朱迪突然出现在病房里。他们从斯莫兰斯泰纳带来了我的个人物品——其中也包括你父亲的来信。朱迪坐在我床上，试图说服我给他回信，她不停地说那个来自德布勒森的可怜男孩一定正在等待我的回信。女孩们走后，我一个人困在床上动弹不得。连去厕所都不可以。我无聊地躺在病床上，而你父亲的来信就放在旁边。两三天后，我便跟护士要来了钢笔和信纸。”

～

一九四六年六月，莉莉和米克洛斯成为了第二批匈牙利归乡者。他们先从斯德哥尔摩坐飞机抵达布拉格，随后再在当天搭乘火车转去布达佩斯。

他们坐在拥挤的包厢里，双手握在一起。经过匈牙利边界线后不久，米克洛斯起身，冲莉莉不好意思地笑笑，转身走进又脏又臭的小厕所里，然后将门锁上。如往常一样，他将温度计随身放在口袋里，用高雅的金属盒包裹着。火车在刚刚修复好的轨道上缓慢前行，发出咔嚓咔嚓的响声。米克洛斯把温度计放到嘴里，闭上眼睛，靠在门把手上。他试图数一百三十下，每一下都与车轮转动的节奏吻合。在数到第九十七下的时候，他抬头看了一眼，他看到水池上方那面破碎的镜子里映出一个满脸胡子、身材瘦削的男人，男人嘴里叼着温度计，身上穿了一件不合身的外套。他凑上前注视着镜子里的影像。这就是他后半辈子的模样吗？这个靠温度计活一辈子、胆小而又懦弱的家伙？

他暗自做了一个决定。他从嘴里拿出温度计，看也没看便将它直接扔进了马桶。他将金属盒也一并扔了进去，随后愤怒果断地冲了两次马桶。

一八四六年六月，那天夜里九点钟，一群人聚在凯莱蒂车站等候，虽然这是一趟特派列车，虽然广播上没有大肆宣传它的到来，然而消息却不胫而走。比如莉莉的妈妈，她是在六号电车上听到这个消息的。那日正值下午交通高峰期，一位头戴围巾的女人在电车车厢里大喊，将这个消息告诉了车上所有人。她离家十九个月的女儿也即将返回家乡。

莉莉穿了一件红色波点长裙；那年春天，她开始长胖，体重涨到了七十公斤。米克洛斯身上的裤子还是咣咣当当的；他离开瑞典时的体重是五十三公斤。他们坐在最后一截车厢里。

米克洛斯率先踏上站台，手里提着两个箱子。莉莉的妈妈朝莉莉冲过去，母女俩激动地相拥在一起，什么话也没说。随后她拥抱了没有家人来接的米克洛斯。

莉莉的妈妈希望她的丈夫也能回到家里。事实却是，桑德尔·芮奇，这个提着手提箱以推销为生的销售员，本该从毛特豪森集中营回家的他，在途中发现了一个储满食物的仓库。他狼吞虎咽地吃了熏肠和培根，当天晚上就被送去了医院。两天后死于肠爆裂。

那晚尘土飞扬，空气异常潮湿。莉莉、她的妈妈以及米克洛斯并肩穿过兴奋的人群。他们不住地凝视对方。他们终于一起回家了。

接下来的两年里，在期盼中，我无声无息地降临到了这个世界。

后 记

我的父母米克洛斯和莉莉，于一九四五年九月至一九四六年二月期间，互通信件六个月后，在斯德哥尔摩结婚。

父亲于一九九八年去世，在那之前我完全不知道这些信件的存在。后来，母亲将两捆保存完好的信件交到我手里，两捆被丝带绑着的信件，一捆丝带是矢车菊色，另一捆丝带是绯红色，母亲将信交给我的时候，眼神充满了希望与不确定。

我对他们的相识过程早已十分熟悉。“你父亲用情书捕获了我的心。”母亲总是这样说，脸上露出一副痴迷可爱的表情。她也许常常提到瑞典，地图边缘那块迷雾朦胧的冰冷世界。

然而在过去的五十年里，我并不知道他们还保留着那些信件。在数次的政局动荡与搬迁产生的混乱中，我的父母一直将这些信带在身边，却从来绝口不提。这些信一直被默默保存着。他们将过去的时光封印在一个雅致的盒子里，谁也不去触碰。

现在我再也无法去问父亲发生了什么。母亲在回答我大部分问题的时候总是以一个耸肩作为答复。*那是很久以前的事了。你知道你父亲有多么害羞。我们刻意想要忘记那段日子。*

为什么？他们怎么可能忘记如此无拘无束、青涩懵懂直至今日都闪耀光芒的美妙爱情？假如即使他们婚姻有过触礁——大概每个婚姻都会经历这一阶段——他们为什么不解开丝带读读这些信件，提醒自己当初是如何在茫茫人海中找寻到彼此的呢？或许，我们可不可以问自己一个更感性的问题？在她们五十二年的婚姻关系中，有没有哪一刻时间是静止的？或者在某一瞬间，天使从他们的爱巢经过？又或者他们中的某一人只是单纯地怀念往事，忍不住从书架后面翻出这些见证他们恋爱过程的信件？

当然，我知道答案：那些时刻从未出现过。

～

在其中一封信里父亲提到过他在计划写一本小说。他想要描写一群人在被押送到德国集中营的过程中共同面对的恐惧心理——不过父亲没有写成这本书，后来被一个叫豪尔赫·桑普伦[1]的人写了，书名叫作《漫长的旅途》。

他为什么没有写出来呢？

我能猜到答案。父亲在一九四六年六月返回家乡。他的妹妹是他唯一幸存下来的亲人，他父母的房子也被炸弹炸毁了。他过去拥有的一切都从人间蒸发了。可是，他的未来却在构建当中。他后来成为了一名记者，开始为左翼报纸写文章。再后来，二十世纪五十年代初的一天，他发现自己的办公桌被移出了编辑室。

我记得父亲绝望地站在厨房里，厨房一如既往地散发出如煮床单般难闻的气味。“你想让我这辈子都刷碗吗？你想这样吗？”他怒气冲冲地对母亲说。

他们最终还是选择留下来。

一九五六年至一九八八年卡达尔时期，我父亲成为一名受人敬仰的外事记者。他是《匈牙利》的创始人和副编辑。《匈牙利》是一份高质量的新闻周刊。他从来没有真正提笔写下那个讲述货运火车征途的小说，后来他也不再写诗了。

这迫使我不得不写下一个难过的事实，无论是父亲的亲身遭遇，还是他同伴经历过的苦难，都没能在父亲的笔下变成文学作品。

我相信父亲一开始对未来生活的憧憬以及转信另一个宗教

---

① 豪尔赫·桑普伦（1923—2011），西班牙籍法语作家。

的念头，这一切的一切在后来都随着政治时局的动荡灰飞烟灭了，同时也磨灭了他想要成为作家的渴望。这让我明白了只有才华是远远不够的。人生有时也需要一点运气。

父亲将这些书信保存得完好无损。这才是最重要的。他们一直将书信妥善存放，直到后来母亲做了这个决定，父亲在另一个世界挥手赞同，才让我有幸看到了它们。